U0919190

远航船

〔葡萄牙〕
安东尼奥·洛博·安图内斯
著

王渊
译

译林出版社

图书在版编目(CIP)数据

远航船/(葡)安东尼奥·洛博·安图内斯著;王渊译. —南京:译林出版社,2020.8

ISBN 978-7-5447-8145-9

I.①远… II.①安… ②王… III.①长篇小说 - 葡萄牙 - 现代 IV.①I552.45

中国版本图书馆CIP数据核字(2020)第022495号

著作权合同登记号 图字:10-2016-014号

远航船 [葡萄牙] 安东尼奥·洛博·安图内斯/著 王渊 / 译

责任编辑 金 薇
装帧设计 宋 涛
校 对 戴小娥
责任印制 颜 亮

原文出版 Dom Quixote, 2006, 6ª ed.
出版发行 译林出版社
地 址 南京市湖南路1号A楼
邮 箱 yilin@yilin.com
网 址 www.yilin.com
市场热线 025-86633278
排 版 南京展望文化发展有限公司
印 刷 南京爱德印刷有限公司
开 本 850毫米×1168毫米 1/32
印 张 6.875
插 页 4
版 次 2020年8月第1版
印 次 2020年8月第1次印刷
书 号 ISBN 978-7-5447-8145-9
定 价 45.00元

目 录

译者的话 1

正文 1

代译后记：安图内斯与葡萄牙远航史观的重塑 199

献给内尔逊·德·马托斯[1]

1 当代葡萄牙最具影响力的文学编辑之一，曾经主持堂吉诃德出版社二十三年之久，合作过的作家除安图内斯之外，尚有莉迪亚·若热、若泽·卡多索·皮雷斯等著名作家。——以下所有注释均为译者所加

译者的话

通常来说，小说译著不应当有译者前言。读者应当在不受拘束的情况下自由领略作者的文学世界，而后再翻阅译后记，了解作者生平、创作背景和一些可能的解读方式。然而安图内斯并不是一位寻常作家，而这本《远航船》作为中文世界与这位葡萄牙文学巨匠的初次见面，不容得译者不慎之又慎。斟酌良久，译者最终决定略微打破常规，在正文前简略介绍安图内斯的行文风格和故事背景，帮读者把稳船舵，再让葡国大师的强劲海风载着诸位出海，进行这趟独一无二的发现远航。

一、小说的背景简单来说有二：1. 十五世纪葡萄牙成为“地理大发现”的首要推动者，诞生了一批知名航海家；2. 1974年葡萄牙民主革命后进行去殖民化，诸多在非洲的葡萄牙人被迫回国。

二、这是一本多视角小说，章节间不用数字分割，但基本上每一章跟随一个人物的视角。大部分的主视角人物为葡国航海史上的著名历史人物，但也有例外。以下列出各章的主视角人物：1. 卡布拉尔；2. 卡蒙斯；3. 卡布拉尔；4. 沙勿略；

5. 无名夫妇；6. 卡布拉尔；7. 塞普尔维达；8. 卡蒙斯；9. 沙勿略；10. 达·伽马；11. 塞普尔维达；12. 无名夫妇；13. 迪奥古·康；14. 卡蒙斯；15. 卡布拉尔；16. 达·伽马；17. 迪奥古·康及其情妇；18. 卡蒙斯。

三、叙事以第三人称为主，但在第一、第二、第三人称间随时转换，同一个句子可以用第三人称开头，中间换为第一人称，结尾再转回第三人称。

四、诗意乃至晦涩的语言风格，比如航海意象在文中反复出现，并被融进现实描写之中。

五、同另一位葡国大师萨拉马戈一样，安图内斯的行文也以长句著称，甚至比前者结构更加复杂。为了符合中文阅读习惯，译者绝大部分情况下将句子分拆，仅保留开篇第一句让读者体验安图内斯的语言风格。

十八或是二十年前去安哥拉的路上他曾途经里斯本[1]，而他记得最清楚的是下榻的雷东多伯爵寄宿旅馆里吱呀作响的大桶以及女人歇斯底里的抱怨声中父母的争执。他记得公共卫生间的水池，巴洛克风格的龙头像鱼一样，从切开的喉咙处吐出棕褐色眼泪般的水珠，那次他还撞见一位老先生，裤子垂在膝盖处，在厕所里微笑。到了晚上，每当他打开窗，就会看见灯火通明的中国餐馆，看见阴影里冰川在家用电器商店里梦游，看见人行道护栏上金色的长发。这也是为什么他会因为害怕而尿床，他害怕的是在生锈的鱼状龙头后面碰见带笑的老绅士，或是用小拇指晃动着房间钥匙的长发女子，正拖着公证员往前面走廊走去。最后他入睡的时候会梦

---

1 本书中不少和葡萄牙有关地名均采用古老拼法，如“里斯本”用“Lixboa”而不是“Lisboa”，“王国”用“Reyno”而非“Reino”，“阿尔加维”用“Algarbe”而不是“Algarve”等，译文中不再作区分。

见科鲁希[1]无穷无尽的道路，修道院长的庭院里孪生的柠檬树，还有失明的爷爷，眼睛像雕塑一般光滑，正坐在酒馆门前的小凳上，与此同时，一群救护车呼啸着穿过戈麦斯·弗雷雷路，朝着圣若泽医院驶去。

上船当天，在穿过一条窄巷之后——里面满是丧失理智的女伯爵的宅邸，售卖精神错乱小鸟的店铺，还有针对游客的酒吧，英国人会去那里进行每天早上的杜松子酒输液——出租车在特茹河[2]岸一块沙地边缘将我们放了下来，按照旁边火车站站牌的说法，这里名叫贝伦[3]，左右一边是一杆秤，另一边是个小便池，而他远远看见数以百计的人和牛群，他们正往一个大工地运石块，领头的是穿着绯衣的侍从，正无动于衷地面对着广场上的汽车，他看见旅游车，里面装着离异的美国人和西班牙神甫，还有什么都要照下来的近视的日本人，正在用武士般尖锐的声调交谈。接着我们把行李放在地上，底下是百子莲，机械喷头正使劲按照环形喷洒，旁边是在林荫道下水管间工作的工人，那些管道通往雷斯特洛[4]的足球场和高楼，这样佛得角人的拖拉机就和畜力车迎面相遇，畜力车上装载着公主墓碑和成堆盖在祭坛上的阿拉伯花纹布。我们经过一块标牌，上面指明那栋未完成的建筑名叫哲罗姆，我们看见了远处河中央的塔楼，被伊拉克石油工人环绕，保卫祖国不受卡斯蒂利亚的入

---

1 位于葡萄牙中部圣塔伦大区的城市。——本书中出现的诸多地名，译者加注的原则是：1. 上下文无法推断出位置；2. 在葡萄牙航海历史中扮演过重要角色。此外一律不加注。

2 葡萄牙境内最长的河流，流经葡国首都里斯本。

3 位于葡萄牙首都里斯本以西六公里，是航海大发现时期诸多航行的起点，拥有标志性建筑贝伦塔和圣哲罗姆修道院。

4 里斯本最西的街区，属于贝伦堂区。

侵，而在近处，在河岸翻卷的波浪里，在船桨和忙碌的小艇之间，我们发现了一艘做出大发现的远航船，它正等待着殖民者，铁锚定在河泥里，袖口镶着花边的海军上将靠在上甲板的舷壁上，见习水手爬到桅杆上整理风帆，准备迎接带着噩梦和栀子气息的无遮无蔽的大海。

当年父亲在到达博哈多尔角[1]前就死于坏血病，船头划过的水面如同图书馆里的灰尘一样静谧，接下来的一个月人们慢慢腐烂，吃的只有栗子和咸肉，直到风一吹连头骨都震动起来，暴乱未遂被吊死在缆索上的水手像枝形吊灯的坠子一般互相碰撞，大西洋的海鸥和鸢鸟已将他们的毛发啄了个干净。七场血腥的暴动，十一次迷途海豚的袭击，不可胜数的弥撒，还有一场暴风雨恰似上帝因为结石失眠时的叹息，这之后桅顶守望的水手终于喊出了一声“陆地”，船长抓住船尾的望远镜，罗安达[2]湾就这么因为折射颠倒着出现在远方：最高处的圣保罗要塞，渔民的小船，一艘海军护航舰，女士们在棕榈树下品着茶，种植园主在拱廊下的糕点店里一边让人擦皮鞋一边读着报。

而现在，随着飞机降落在里斯本的跑道上，显圣区的建筑、布满钢琴碎片和废旧汽车残骸的空地，还有那些他不知道名字的墓地和营房，这一切都让他吃惊，就好像他来到了一座陌生的城市，里面缺少了十八年前的公证员和救护车，让他无法辨识出这就是他的城市。他和黑白混血的女人还有孩子一起，之前在罗安达机场的候机厅耽搁了一个星期，躺在地上，

1 位于西非西撒哈拉北岸的海角，曾被欧洲人认为是向南航行的极限，有“恐怖角”的别称，直到1434年葡萄牙探险家吉尔·埃阿内什首次率船队通过。

2 安哥拉首都。

裹着毯子，被饥饿还有尿急折磨，身处大箱、小包、小孩、哭泣和臭气的一片混乱之中，等待有空位逃离安哥拉，逃离每天身着迷彩的黑人在街道上挥舞欢唱的机关枪，那些黑人被须后水和权力迷醉，已经醉得不能自拔。一名秘书翻阅着文件，每过一小时会在躺着的人身上跨过，挤毛巾一般说出一个名字，而在玻璃后面是安盟[1]的民兵，他们戴着毛皮手镯，拿着插羽毛的长矛，由美国和中国的顾问带领，在天花板的荧光管下监视着我们。

他们把我驱赶到的地方不是我离开那天早上如迷宫一般的市场，那里紧挨着狂躁女伯爵的府第，以及满是面无血色外国人昏暗阴影的酒吧；不是特茹河边的沙滩，上面有修道院，石匠将石灰岩切割成大块；不是拉车的牛群还有骡子，也没有工程师操着类似加利西亚[2]餐厅侍者说的语言，对着助手嚷着简短的哀歌般的话；不再有人卖蛋，卖鸡，卖赤鲷，卖阿尔加维烟囱模型，卖铁皮玩具；不再有木质案板上洋葱清楚的眼泪，也没有吉卜赛女人使出玄奥而又火烧火燎的魔力，用会有副王[3]作为裙下之臣的承诺，让人老珠黄的处女冲昏头脑；也没有带蓝色挡风板的旅游巴士、桥下的三角快帆船和土耳其货船；我被带到的地方是一幢破破烂烂的水泥楼房，在威士忌免税店的旁边，国内和国际航班的告示板拨动着彩色的水泡。角落处有一台售卖巧克力和香烟的机器，因为发烧在颤抖，经过

1 全称“争取安哥拉彻底独立全国联盟”（葡语缩写 UNITA），安哥拉主要反对党和内战参与者之一。

2 西班牙西北部自治地区。由于历史因素，加利西亚语与葡萄牙语比较相像。

3 总理某处殖民地的官员，葡萄牙历史上主要曾在印度和巴西设立副王。

一番复杂的吞咽硬币之后呕吐出焦糖，而坐飞机的乘客像是在遭洗劫过后的杂货店、面包店或是肉铺排队，寻找着已经卖空了的大米、面包和肉类，却发现只剩下扫帚还没清理干净的灰尘、面包皮和油脂，还有一名店员在柜台后面一边摇头一边指着空空如也的货架。然后他回忆起在安哥拉最后的那些日子，那些忐忑的黄昏，流浪儿在袭击市中心的办公楼和公寓，房屋正面布满弹孔，马尔绍区的有功女子没了主顾，在吉普车前灯和火车尾部信号灯交会的小巷，向随便什么人展开塞壬空荡的大腿。

和他一同归来的人有教士、热那亚占星师、犹太商人、女仆、奴隶走私犯、普兰达区和库卡区的贫穷白人，他们搂着成堆的粗麻布、绳索捆住的箱子、藤条筐、破碎的玩具，从机场开始组成一条悲泣和苦难之蛇，用脚推着行李往前（在专门留给转机乘客的地带，身材高大、头发蓬乱的冰岛人像河鸟一般经过），朝着一张办公桌的方向走去，那里有一名宫廷文书坐在木凳上问他姓甚名谁："佩德罗·阿尔瓦雷斯[1]，然后呢？"然后在一张满是钢笔增补勾画的打印出来的纸上比对，接着摘下眼镜以便靠得更近，从而更好地打量他，那人的身体在富美家[2]的王座上向侧面倾斜，拇指时不时捋着髭须，突然问道："阁下在葡国有家人吗？"我则说："没有，先生。"这话脱口而出，未经大脑，因为我的老母六年前因为黄疸辞世，而留在这里的叔伯姑婶，我要么记不太清了，要么就从不认识，我不清

1 全名为佩德罗·阿尔瓦雷斯·卡布拉尔（1467或1468—约1520），葡萄牙贵族、航海家，于1500年率船队去印度的途中"发现"巴西东北部海岸。

2 总部位于美国，是一家生产美耐板的跨国企业。

楚他们是留在科鲁希还是别的什么地方，和谁一起生活，有了多少儿女，甚至是否仍然健在。我大致记得某个堂兄穿着军装回来休假的身影轮廓，他用靴子残忍地践踏着菜园里的生菜，至于房子或者别的什么都已经从我记忆中消失，只剩下庭院里购自阿尔梅林[1]市集的镜子，周围乳猪的哭号，还有卖艺者的鼓声，那声音将面容变形，将姿态扭曲，化为黯淡无光的波荡起伏，映照出每个人隐秘而真实的脸，这副面容只会在独自入睡或者被挚爱遗弃时才会最终显现。我记得那些冬天，播撒到土壤里的种子置放在盆盆罐罐里，为的是接受从天花板缝隙处滴漏下来的雨水，还有更早的时候，父亲的教母在后面已经不结果的樱桃树下缝着男式短袜和内裤，那棵树正用根茎的膂力支撑起洗衣池的一条腿。这段遥远的记忆立马让他的鼻子闻到了最近这几个月牛粪的味道，这一切都发生在电报宣告陛下签字批准安哥拉独立之后，政变的硝烟尚未散尽，里斯本的宫廷里充斥着汗水、腹泻和恐惧的气味，我们惊慌失措之下用柜子抵住门框，因为下一刻枪托就会刺穿储物柜，下一秒拖鞋就会咧着口将地毯压碎，下一刹那安盟就会开始无差别射击，一颗颗头颅就会像白肉红籽糊糊里面的无花果一样爆裂，王子[2]他会有什么判断，如果他还活着，还在萨格里什的学校[3]里，一边展开地图一边参考海边窗户上方的群星，与此同时他的船长们正在阿尔布费拉的广场上追逐着丹麦女子，吉尔·埃阿内

1 位于葡萄牙中部圣塔伦大区的城镇。
2 指“航海者”恩里克王子（1394—1460），葡萄牙航海事业的主要推动者。
3 位于葡萄牙南部的萨格里什是“航海者”恩里克王子的主要居所，他在世期间领导着葡萄牙的远洋事业，并在萨格里什聚集起一批与航海有关的学者，但其实并未建立航海学校。

什则出现在拉各斯，像操劳的新郎一样打着瞌睡，手里拿着一束枯萎的小花。他说："绝对没有。"心里其实在想，显然没有，因为在非洲的十八个年头他没收到过一封信，一张明信片，一块火腿，哪怕是一张相片。我几乎都愿意打赌他们已经死了好几个世纪了，葬在教堂石板地下面，身着格子花上衣或是浅色罩衫，双手交握，颧骨突出，如同教堂安放尸体的地下室里那些横陈的雕像，安静地待在珍珠色棺材里，棺上的拉丁名已被修女们的鞋掌磨得无影无踪。我的那些下巴被拴住、眼窝上被放了银币的亲人们用责备的眼神盯着我，这就是那个没有去委内瑞拉开烟草店，或是去德意志开运输公司牟利，而是跑去罗安达和黑人同居的小子，这就是那个在贫民窟开肉店的家伙，他卖排骨给那些野蛮人，跟个混血女人生了个儿子，在库卡住的是个活动房，连一乘马车、一条船都没有，每到周日就穿个短裤在房间里散漫地躺着，边听足球战况边吃着土著那些狗屎，宫廷文书专心地在我的名字前面用花体做着记录，一边抖动着聪慧的双耳，就好像他对我的那些叔伯婶姨的不屑或厌恶感同身受，而帮他做辅祭的那位执事，那一圈头发还有脸颊酷似自传上的圣安东尼奥，他还在坚持问："没有亲戚，没有姻亲，什么远亲都没有？"他一边填表一边用掌上计算器做乘法，然后递给我一张纸让我签名："这里。"他在页尾处倒上一滴火漆，把纸交给另一个人，让他用纹章戒在这一片热气腾腾的血红中留下一个污点。混血女人穿着塑料凉鞋，额头围着头巾，她和我同居之前在角岛的一家餐馆做侍应生，现在正沉迷于一张去东方度假的海报，上面展示着一对夫妇，他们颈子上围着花环，端着啤酒杯，正惬意地躺着，欣赏海上日落。"没人了，”我说，“只是家具应该会随着下一班大帆船到来。”前提是没有因为侵占、民主之类的名堂在港口失踪，我可是很以那些东西为傲的，里面有一对有圆球形瓷拉手的床头柜，摆放着各类酒水瓶瓶罐罐的三门装饰柜，还有那五斗橱，奢华的大理石头盖骨上镶嵌着的血管有些延伸到孩子的眼睑上，此时那位书记官递给我一张通知书，那架势仿佛是在交接优秀毕业生的文凭，字迹很难辨认：“您有八天的时间前往这个机构，现在看这里。”在我背后一个架着拐杖的老百姓正在抗议官僚作风有多么拖拉：“一离开这里我就去媒体投诉。”然后我就没有再听他说什么了，因为我又想起了科鲁希，想起了我父亲的教母跛着腿朝家走，手上提着装满衣服夹的篮子，在一片葡萄架里失去了焦点。至于食宿，书记官说话的时候根本没留心拄拐的那人，对混血女人还有缠着她腿的小孩看都不看一眼，也一点都不关心，他的嘴因为烦恼张成了螺旋形：“我们给您在圣芭芭拉街的印度使徒旅馆安排了一个地方，请坐公交车然后找方济各·沙勿略[1]先生，下一个。”一位身材粗壮却腼腆的红发男子努力结巴着说着什么，他一肘把我挤开然后走到桌前，而我们就这么被单独丢在了一座我似曾相识的城市，空气中弥漫着野猪肉的味道，夏天的狩猎人正唆使猎犬，在林大阿维利亚或者布塞拉斯区的大街小巷对它们展开追逐，与此同时荷兰的商人还有满剌加的船长一个个消失在机场的出租车里，朝着市中心的小巷前进，那里散发着退潮一般的恶臭，而我们三个站在这里，在人行道上，

1 方济各·沙勿略（1506—1552），西班牙人，耶稣会创始人之一，将天主教传播到远东地区的先驱之一。1703 年葡萄牙城镇塞图巴尔决定让圣沙勿略成为该市的主保圣人。

顶着暴晒，等待着床头柜从安哥拉过来，就好像快帆船会驶过街道，给我们送来满是海泥发霉的箱子，箱体已经被海浪的牙龈弄软，被逆流和锋利的礁石破坏，长满了淡菜和牡蛎构成的胡子，里面只剩下褥子的残渣还有一个圆球形拉手。

很久以前，有一个叫路易斯[1]的男人左眼失去了视力，他在阿尔坎塔拉码头待了至少三四周，一直坐在父亲的棺木上，等待剩余的行李跟着下一班船进港。之前他把自己的房契还有身上的所有钱都给了码头装卸工、醉酒的葡萄牙士官以及海关的工作人员，看着他们把冰箱、炉灶还有那辆拥有狂暴马达的旧雪佛兰抬上一艘已经准备好的远航船，但是哪怕胖胖的少校下了命令“你想都不要想把这玩意儿带走”，他还是拒绝和棺材分开，这灵柩上有雕花扶手，盖子上还有耶稣受难像，他拖着棺木在船楼甲板上走，把船长惊呆了，忘记了手中的游尺，船长抬起因为各式计算已经晕乎乎的头颅，看着那名叫路易斯的男人消失在底船，他把死者放在床下，就像其他乘客放篮子和箱子一样。他躺在床单上，双手枕在脖子后面，然后开始自娱自

1 指路易斯·德·卡蒙斯（约1524—1580），葡萄牙诗人，写作有葡萄牙最伟大的史诗《卢济塔尼亚人之歌》。

乐观赏起蜘蛛一丝不苟的针织技艺，还有老鼠在天花板满是螃蟹和茗荷的横梁上发情，一边做着和欲求不满的黑人女子在黑夜里拥抱的美梦。第二顿午饭期间，他结识了一位退伍的西班牙人，这是一名断臂的牌戏爱好者，曾在莫桑比克卖过彩票，名叫堂·米格尔·德·塞万提斯·萨维德拉，这个当过兵的人总是在记事簿撕下的散页或者废纸上写小说，小说的名字不知为何叫《吉诃德》，人尽皆知"吉诃德"是障碍赛马的别称，到了傍晚时分他们把棺木拖了出来，在打过漆的棺盖上打起牌，时刻注意避免碰到耶稣受难像，因为它会让手气变差，让牌运改变，每当船的晃动让旁边人的呕吐物流过来的时候，他们就抬起饰着带扣的鞋子，呕吐物足足有一拃高，逼着他们用湿漉漉的袜子钩着棺材沿，以免尸体漂走，在漂浮着龙虾的绿汤中随波逐流，同样在水中晃荡的还有可以一举制胜的一对J和一对A。

名叫路易斯的男人本来和他的父亲居住在卡增加[1]，一名巡逻队队员射中了他父亲，牌友们将他用破被单包着送来的时候，只有一绺白发露在外面，他们将尸体放在餐布上，也不管瓶罐刀叉就在身下，然后就讨论着一对6的手牌离开了，而他则沿着小巷走到被手榴弹炸过的殡仪馆，穿过正面破碎的玻璃，从店里剩下的诸多棺材中选了一个，棺材之所以还剩这么多，是因为尸体就暴露在广场、街道上腐烂分解，没有人因此感到不适，唯一关心他们的只有野狗和扒人衣服的贼。他把死者放在棺材里，忘了将被单从他身上取下，忘了

1 安哥拉首都罗安达附近的一座城市。

亲吻他，忘了给他穿上结婚礼服，或是给他修剪指甲，他拧好灵柩上的螺丝，第二天早上将它放在一台手推车上，和一堆衣服还有一饭盒土豆放在一起，朝码头走去，目的是登上开往王国的船。呕吐物堆到两拃高的时候他将棺材和床腿捆在一起，用的是做圣诞火鸡的细绳，这样他就能入睡了，虽然他还能感觉到父亲带着无形的身体在他梦中航行，透过核桃木上的缝隙，父亲在用死者急促的声调呼唤着他。在里斯本靠岸后，断臂的退伍兵帮他将少了几个把手和部分黑纱的棺材放在码头边，退伍兵从口袋里掏出牌来，要最后来场牌局，周围伴奏的是起重机如同新妇一般的呻吟，护航舰咕咕的腹鸣，还有在高空密谋的信天翁，对老人身上陈腐的酸味感到好奇。第十三次打出红桃同花顺后，卖彩票的人站了起来："Buenas noches[1], 先生们，我得去西班牙把书写完，只有在床头有马德里吉卜赛式的阳光时我才能够做好校对，我保证会给各位都邮寄一本签名书。"这时他们都惊奇地发现，人群和行李都已经从港口消失，剩下的只有黑暗，一名遭处决的逃兵立在行刑台上，教化世人的同时成为乌鸦的盘中餐，还有一盏灯亮着，亮灯的建筑要么是用来救助溺水者的，要么就是海事办公楼，渔业部、"航海者"恩里克王子以及司法警察沿着海岸线设立这些建筑，既是为了监控印度大麻的走私，也是为了监视佛兰德海盗的动作。海浪扑在岩石上的音调变了，现在透明而又甜美，一如你眼眸的声音。退伍兵赢了第一百四十九轮无情的牌戏，此时他们已经连纸牌的花色

1 西班牙语，意为晚安。

都分辨不清，牌的大小得靠失望在灵魂的回响才能猜一猜，这之后他收起牌堆，告别离去，为了不感到伤心，他感慨道：“连牌的大小都记不住，有这样的对手，赢得一局胜利的光彩何在。”名叫路易斯的男人一直坐着，仿佛过了几个世纪那么久，目视着那位赌徒迈着审慎的步伐远去，这种步子只有万分熟悉概率游戏的人才有，直到他淡出视线，越过和一条与铁路线平齐的一排灌木，消失在城市的斑斓光影之中，成为灰色天空中的又一抹灰色。路易斯坐在棺木上，双脚不可避免地浸在水中，河水一呼一吸之间远去又归来，汇入河中的既有里斯本的下水管道，也有诗人弗朗西斯科·罗德里格斯·罗博[1]的田园十四行诗，这位诗人跳进特茹河自杀，最后像长了胡子的鲱鱼一样被渔网捞上来。圣哲罗姆修道院快要完工的屋檐上栖息着海鸥和苍鹰，军队已经把无名士兵朴素到光荣的小火苗转移到修道院，士兵本来只是茫然不知所措的农民，却在第一次世界大战中被扔在法国的烂泥地，被抛向德国的毒气，而取代他位置的是山鹧大小的蝙蝠，白天在修道院拱顶安详地休憩，修道院正中有小池，以后会是幼年塞壬的栖息地，巴尔托洛梅乌·迪亚士[2]已经向陛下保证下一次航行会将塞壬带回，只需要等到某个清晨，等到海螺的歌声在礁石上响起，等到那歌声将水手们迷得神魂颠倒。移动的机车隔开了名叫路易斯的男人和海岸线上的房屋，这些建筑歪歪斜斜地固定在马路地面，就如

1 弗朗西斯科·罗德里格斯·罗博（1580—1622），葡萄牙巴洛克风格诗歌代表人物之一，传说溺毙于特茹河。

2 巴尔托洛梅乌·迪亚士（约1451—1500），葡萄牙探险家，于1488年率船队首次通过好望角。

同围城时期陷在特茹河苔藓里的船只。一名边防军的小队长手提老式步枪，身上制服的线条如同保卫教皇的瑞士兵，队长抽着烟走过他面前一两次，香烟头发出的摩尔斯电码秘密回应着走私分子的手电筒信号，指引着伪装成摩洛哥沙丁鱼捕捞船的小型舰队，那些船里装满了意大利烈酒和鸦片罂粟。空气中有热浪和垃圾的味道，时不时报纸的残页会从马路上卷起一阵新闻的微风。我在一辆装水果的卡车阴影处小便，我解开拉链，此时空气中染上了桃子的芬芳，我想起下午六点的罗安达，出海捕鱼的船只冒着烟，在棕榈树丛间慢慢变小远去。小便的时候我想起聋哑人的钟表店，他有卓别林流浪汉的瞳孔，被成百上千愤怒的杜鹃报时声围绕，就在离我工作的地方十米远，他修理着用显微镜才能看清的发条；我想起堂·米格尔·德·塞万提斯·萨维德拉，有时候他会对着我们大声吟诵有关达辛尼娅[1]或是风车的奇怪篇章，还会摸着外套里的铅笔激动万分地补充说“我会把这加到书里，我会把那加到书里”；我想起精通牌戏的退伍兵，他用破布和蜡堵住棺材的裂缝，然后在船舱里坐到我身边，向我展示贴在一本练习簿上的老照片——“这是四岁的我骑着摇马，从左数第三个是坦库斯[2]军队里的我，这张是我哥保罗[3]在我发现前往印度的海路时照的，再来看这张，这张最好玩了，我和啤酒厂标签部门的同事们一起，他们送了我一杆金尖钢笔，还有一张装裱好的证书，底下的纸板

---

1 《堂吉诃德》中主角将邻村的挤奶姑娘想象为自己为之效劳的女贵族，给她取名托波索之达辛尼娅。

2 葡萄牙中部圣塔伦大区的小镇。

3 此处指保罗·达·伽马（约 1465—1499），葡萄牙探险家，瓦斯科·达·伽马的哥哥，在其率领的舰队中担任船长。

上有所有人的签名”;“真遗憾啊，伽马，你现在都不在那儿干了”，退伍兵年轻的时候在自由镇的鞋店度过了数不清的岁月，那里的红土随着特茹河水的涨退时隐时现，水下去的时候，留在岸上的既有公牛泡涨的肚子，也有露天音乐会的乐队塞满泥沙的萨克斯管。鞋店老板是他表兄，曾写信到非洲给他，提出可以包吃包住，而我那时在葡萄牙举目无亲，于是记住了地址，准备感恩节带着玉米饼还有美国那种背面画着裸女的扑克牌去看他。我刚小便完，一辆机车突然开动起来，那汽笛声听起来和轮船差不多，而我朝码头回转，还不知道该拿累赘的棺材怎么办，之前那个断臂的卖彩票的人居然一时冲动，向我保证要为这口棺材写首诗:“到了马德里我一下马，家门一关，立马就能写好，一点不会费事，然后呢，对了，我把全诗抄在航空信纸上，最多一个月就能寄到了。”我挠了挠耳后疱疹留下的痂皮，朝着无形的水流吐了一口痰，想要得到些灵感，不过该死的我连丧事的钱都付不起，又能把父亲葬在哪里呢？“如果你没有完全疯掉的话，”退伍兵一边打出一对Q一边向我解释，此刻的他少见地表现出了同情以及生硬的友情，“当时那些人把尸体放在桌上，你就应该把尸体留在那里，要知道尸体手上长长的指甲都快要碰到油瓶了，而这些家伙可是对橄榄油最热衷了，就和在食品杂货店的仓库里扑打着翅膀吮吸油的猫头鹰似的。”然而，我一想到他会一个人在非洲慢慢腐朽，鼻毛里长出雏菊，身边满是蝾螈和蝎子，内心就挣扎不已。吐到第七口痰时天亮了，一束陶土般的亮光让起重机显出身形，一起出现的还有锡兰远航船的轮廓，远处钢铁厂发出的火苗，还有绞刑架上被处以极刑的累累白骨。鸢鸟和乌鸦回来了，边防军队长离开了。身着印花衬衫的钓鱼者站在离棺材一二十米处，每个人都带着竹筐和钓鱼竿，不过在几个小时毫无建树之后，他们把装备都扔回一辆煤气公司的货车里，差不多沿着伽马先生和那个西班牙人走过的路离开，驶过铁轨时帆布顶棚颠簸作响，他们离去的时候夜幕重新降临：一盏盏灯亮起来，小船上的烛光在晃动，手持大戟的中等贵族守护着圣哲罗姆修道院，修道院外观虽未完成却也展现了出人意料的威严。昨夜的那位队长从砖砌的办公楼里暗中窥探，每当他靠近时，护腿套带扣就丁零当啷响，而他的面部线条简化成没有表情的圆木头。蝙蝠循着灯光，想要靠嗅觉寻找和几内亚[1]的奴隶一同到来的飞蛾，却错误地淹没在特茹河昏暗的波浪中丁香色的倒影里。汽车前灯调到了最暗，里面的情人上下翻滚，在车的前方，烧烤架下的火还冒着烟。棺材发出的异味一点一点变得和仍然套着枷锁的逃兵一样令人无法忍受，鸟儿站在逃兵的脊椎、四肢和臀部仅剩的地方，于是我想：冰箱和炉灶一运到，我就卖给随便哪个吉卜赛人，然后给老头子买个一米半高、带镶嵌点缀的耶稣像，因为打从一定年纪起，我们的生活就总是在想象、完善、琢磨我们自己的葬礼那场阴森的戏剧，教堂司事会是谁，亲朋好友谁会来，报刊中会不会有讣告，邻居们会有多好奇，花束该有几枝，又会流下几升眼泪。我想：我连雇人哭丧钱都不够。我想：我连可以假装自己在哭的墨镜、移民告别时用的那种巨大的手帕都买不起。我想：我都没钱从乞丐中雇人充当远亲，把饥饿引起的泪水夸张地挥洒在教堂的台阶上。这时候，那名

1 后文出现的“几内亚”均指位于西非的葡萄牙前殖民地几内亚比绍。

队长突然一脚踢向一只猫却踢空了，他像螃蟹一样斜着朝我走来，同时把武器背带从一侧肩胛骨换到另一侧：

“那是什么玩意儿？”

这时我才注意到，阴影中除了失眠的蝼蛄和知了发出类似亮片摩擦的颤声，除了软体动物站在竖琴弦一般的缆索上不停重复弹奏唯一的音符，还有一只蟋蟀在高唱：要明白，它并不是在黑夜中歌唱，而是在下锚的小船上，船是那种专门捕猎水藻和病恹恹的海贝才用的平底船，只开出去几米，船员都卷着裤脚，船上满是捕虾笼还有大桶。时不时会有鱼鳍被水浪冲起，闪闪发光一会儿，然后再次消失。房屋的倒影在水中翻了个个儿，朝着里斯本的方向起起伏伏，阳台的木盒子里还点缀着康乃馨。队长的靴子顶了顶棺材，掂量着说：

“这垃圾玩意儿是你的吗？”

清晨时分机车轰鸣起来，离得很远，却让人感觉近到可以用胸贴住。其他声音也是一样。还有寂静。还有气味。还有几公里外的窃窃私语：一切都近在咫尺，清清楚楚，透明易碎，就像玻璃一样。这里面还包括跨越特茹河的桥，还有驶过桥面的卡车上的萤火虫。

“我在这里等船来，才能把它带走，”我这么说，“里面布包着的是我死去的父亲。”

在非洲，在那仿佛是播种了石碑、快帆船的残骸还有死去征服者盔甲的地方，猫头鹰就立在林间小路正中，任凭汽车轧过，那些猫头鹰的黄眼珠如同水中的鱼鳞还有卡车上的萤火虫：我们发觉的时候就已经来不及了，鸣笛声过后，一团灰色羽毛旋涡会打在玻璃上，死在我们身后，那些羽毛其实更像人的头发，消逝在正在入睡的向日葵田里，那里的野驴正在无休无止地小跑。在非洲，与这里相反，我的鼻子闻到的气味是开心的，我的双腿知道该往哪儿去，双手可以轻松地学习事物，吸入的空气比教堂的布还要纯净，直到内战给了老头子一枪，把我、退伍兵还有磨坊的断臂人一起投进船的货舱，于是黑夜的气味与声响对我来说变得陌生，因为我不了解这座城，因为我不认识这些小巷还有它们虚幻的影子，因为我只能拼贴出这座港口还有捕鱼船，它们白天存在，晚上缺席，更别提那些乌鸦和海鸥，它们因为死者的甘露而兴奋，正啄食着十字架上的人，在刷过漆的坟墓里寻找隐藏的腐肉。

“一具尸体？”队长并不相信，“是尸体还是美国烟草，我的朋友？是吉卜赛女郎，万宝路，茴香酒，法国香水，苦艾酒，还是一打用日本电池的小收音机？你是想要说服我说，你就带了一具尸体来这儿？”

他扔掉烟头，那点微光飘动在夜空，然后在特茹河里熄灭。道口随着闹铃的起床气响了起来，十点快车的方形窗户一盏接着一盏闪着光出现在灌木丛后，车上载着圣哲罗姆修道院的工人去往不通水不通电的郊区，那里的醉汉和母狗在街角争相发泄怒火。两名警卫被队长的哨子召来，他们把棺材抬到砖砌的办公楼里，里面的破桌子抵着墙角，大头针将古老的金属文件夹、工作命令还有失踪远航船只清单钉在软木板上，右边是镶边的共和国总统相片，他正带着英雄才有的空想若愚的表情瞭望着永恒。警卫们蹲着松开螺丝钉，刮掉裹在棺木上的那层硬脂，用小刀划开垫层的花边，一股氨气从棺木中升起，而肖像里总统的嘴巴抽动了一下，牙疼已经伴随他多年，在学校黑板书写数学入门的时候就已经有了。[1]

“只要载着我家当的船靠岸，”我保证道，“我发誓一定会给你买一个像样的墓碑。”

灯光旁边，队长在用一根火柴挑着指甲，脱下便帽之后他显得比不穿衣服还要赤裸，看上去就像退潮时到污泥里捕捞的渔夫，尽管他的腿套和腰间的弹夹使他看上去更像是要去消灭河里的白鳝。或者是蝙蝠。或者是火车。或者是去贝伦塔打卡斯蒂利亚人。又或者是我那在罗安达吞了铅弹，正在缓慢变成一团腐烂内脏的父亲。

“该死的，”其中一名警卫说道，因为感到作呕他在用袖口掩着鼻子，“你倒是指出来那日本收音机在哪儿啊，我们的队长大人。”

一辆机车飞速驶过海难救援所，将文件夹和椅子震得七零八落，现在那三个人躲在一截床单后面，带着处女般的讶异盯着我，而我则带着些许谦卑的歉意微微笑了笑，朝前走了一小步：

“如果诸位能把棺材钉好，鄙人会感激不尽，因为等船的时候我没有其他地方可坐。”

---

1 这里指代的是安东尼奥·德·奥利维拉·萨拉查（1889—1970），葡萄牙总理和独裁者，从政前为政治经济学教授。

官方书记员向他们保证印度使徒旅馆位于圣芭芭拉广场，但实际上那地方藏在意大利大使馆和军事学院中间，位于楼房后面空地的斜坡上。这栋破落的房子周围也都是破败的房屋，楼前有一群流浪汉，他们在荒地上铺了帆布，正在大声交谈，中间还围着一头病山羊[1]。他向一名混血儿询问地址，因为那人的眼睛看上去可以保守秘密，也问了用木棍在垃圾里翻找的孩子们，还问了一位酒鬼，那人曾是遥远海域的幸存者，正抱着生锈的船锚；他们磕磕绊绊地绕开脚手架的木板、粉刷过的墙壁、扭曲的混凝土还有无人居住的公寓墙里楼梯的残骸，夜里航灯会透过窗户间隔洒进来。残存的屋顶上有一群鸽子受了惊

---

1 典出《圣经·马太福音》25 章 31—46 节，耶稣像牧羊人区分绵羊和山羊一样区分万民，把绵羊安置在右边，山羊在左边。然后对右边的人说你们是蒙神祝福的，可以进入永生；对左边的人说你们是被诅咒的，要下到地狱承受永刑。原因是右边的人曾给予耶稣帮助，但是左边的人却没有。

吓，飞到空中组成扇形，消失在满是烟囱的天空。在下方，下水道工程和卡特彼勒推土机堵塞了溪区的交通，那里有陈旧的小百货店，妓女出没的酒吧，还有颇有巧思的小食品店，里面挤满了工人，手握以酒渣作灯芯的烛台。一只沾着发蜡湿淋淋的耗子从小沟里冒出来，沿着满是淤泥的台阶奔跑，又悄悄地从碎石堆溜走。一群乞丐沉默地站在雨棚下，远远地望着他，这时候他看见了标牌——

印度使徒旅馆

它用黄色漆在一道开着的门旁边，或者说那曾经是道门，现在只不过是破烂的栅栏。一个女孩正把垃圾倒进一个坑，里面满是果皮、杀虫剂包装盒、塑胶管、指南针表盘还有空糖浆瓶。方济各·沙勿略先生是位胖胖的印度人，穿着拖鞋在庭院的卧舱接待了他，身边围着一打小印度人，全都长得和那位先生一样，都胖胖的，都穿着拖鞋，只是大小不一，就像一套木琴的琴键。房间里能闻到失眠和脚臭，闻着像穷人的厩肥，还能从刷墙灰浆的孔洞里看见云在飘移。就好像这里也打过仗一样，佩德罗·阿尔瓦雷斯·卡布拉尔想道，就好像一枚迫击炮毁掉了这里的楼房。

“我来自莫桑比克。”接过盖有书记官纹章的下机券，方济各·沙勿略先生带着异教徒般软绵绵的口音澄清道。他开始想象那位果阿[1]佬，下颚的唾液里叼着未点燃的雪茄，会欣赏从

1 果阿位于印度西海岸，曾长期作为葡属印度的首府，管辖西起东非莫桑比克东至澳门的葡萄牙殖民地。

林中八条腿的生物，或者一个广场一个广场地靠着有说服力的大肚子强卖绸缎。外面的流浪汉在扯着嗓子争论，鸽子排成队回巢，我从窗户探出身，模模糊糊看见一头羊在碎石和废楼间发抖，我周围的一切慢慢坠入夜色之中。

“他们没和您说吗，”方济各·沙勿略先生惊呼道，“您得交五千块押金。”

倒垃圾的女孩自言自语地回来了，然后消失在楼梯口：她脱下的鞋搁浅在楼梯边。昏暗的旅馆里到处传来窃窃私语和哭声。一只不知道是什么的鸟在某个角落脱落的墙壁缝隙里发出窒息般的叫声。

“我在贝拉[1]曾买过三座电影院还有一幢带泳池的别墅，”方济各·沙勿略先生一边说一边展示起被赶下台的暴君似的空空怀抱，“三座电影院和一幢面朝港口快帆船的别墅，当然，更别提还有多少用人了，如果当时有人向我发誓说，我有一天要以管理这破地方为生，我至少会捧腹大笑一个下午。光是住客给我弄出来的欠账就要把我弄疯了。说起欠账，小伙子，那五千块交得出来吗？三座电影院，我呸！再在这张回执上签名，表示我拿到了钱，咱这印度使徒旅馆就是这么做事的，懂吗？除了诚实经营还是诚实经营。”

混血女人将行李箱和袋子拽了进来，她累得快要晕厥了。尽管时钟静谧得仿佛深渊，但应该过了八点，圣芭芭拉夜总会的幕布正要揭开，身着金色饰带的人们打扮成狂欢节的旗手，指引着由顾客和妓女构成的复杂交通。坍塌的窗台上鸽

1 莫桑比克第二大城市。

子焦虑不安，而他则想着，没有中餐馆的里斯本是天下最丑陋的城市。他一边注视着隔板上的马蜂窝一边想，我到哪儿才能筹集到五千块来满足那胖子呢，这时黑暗中有人发出尖叫，“喂，沙勿略，印度佬对我们说……”“耐心等一下，我马上就回来”，接着那人就趿拉着凉鞋走了，而孩子们纷纷从旅馆贮藏室、楼梯平台、小厅、地下室还有地道各处拥出，跟在他身后。

因此他们继续留在前厅等候，面对着荆豆丛以及八月蝼蛄的声响：混血女人和男孩没有发出一点声音，他们默默地弓着腰，待在慢慢扩大的阴影中，丈量着一切，检查着一切，研究着一切，没有方向的蜈蚣，死去的金龟子，天花板凸起处呆滞的壁虎，马丁·莫尼仕[1]广场的路灯照亮的夜晚和银河都不会被手指截断，而我，来自科鲁希的白人，既没有天资也没什么秘密，和童年的栗子树相隔太远，只是在苦恼居然要交钱给印度佬，苦恼怎么能偷到钱，我的耳边传来脚步声、低语声和皮箱的拖拉声，我想起爷爷用拐棍触碰下午三点的太阳，一直等到方济各·沙勿略先生发霉的凉鞋重新映入眼帘，他的声音宣布道：“我给你们准备了一间房，和其他八个来自安哥拉的家庭同住，你们可真走运，运气好得不像话，都是同胞，都在一起，都是好伙伴，都能玩到一块儿，噢伙计，那五千块不在话下吧？”

这一回他身后跟着的不再是那一溜儿的小崽子，而是一名

---

1 马丁·莫尼仕为葡萄牙贵族骑士，因在1147年从摩尔人手中夺回里斯本的战役中舍身堵门牺牲而闻名。

打赤脚的瘦老太，她顶着发髻，头发中分，额头有块红色的胎记，像扑克牌的红心一样，立在如同礼拜堂拱顶般斑白的眉毛中间，而她的瞳孔里似乎折射出鳄鱼池、海盗剪影以及灾难天空下堂·若昂·德·卡斯特罗[1]的舰队，停泊在身患黄疸的第乌海。这位百岁老妇随着第一批胡椒从马拉巴尔或者帝汶来到这里，曾是多位大胡子探险家的情人，他们的咳嗽声密实得像是从桶里发出，她正在和方济各·沙勿略先生交谈，用的是沉睡在巨树下铜塔里木制偶像的多彩语言，这位老者的水手爱人们曾经无畏地见证过艰险的靠岸、坏血病的溃烂、使用香油的熏蒸，还有趴在西面阳台眺望燕子的副王们的忧愁。她没怎么留意我和男孩，我们正忙于用猫头鹰有多匆忙来丈量夜有多深，但她朝着混血女人的方向前进又后退了好几次，打量着她的脸庞，她的身躯，她的双腿，而我感到自己仿佛身处河岸或是卡斯凯什集市，在满是喧嚣、鹦鹉、怒火和讨价还价声的早晨，自己正在目睹奴隶下船的场景，他们颈背戴着公鸡毛，穿过三桅船的小门上岸。胖子打开梨形手动开关，瞬间强光照亮了装修过的庭院，里面遨游着垃圾、舰桥地面脱落的木板、碎开的熟石膏，还有灰泥的伤口、瘀斑和瘢痕。流浪汉在空地上暖着身体准备入睡，他们正叠放报纸遮体以抵挡夏日露水的侵袭。被剥夺圣职的大主教头戴有玻璃亮片的教冠，和无主的野狗一起，在贴着门的地方被风吹得像天使展翅飞翔一样摇晃。拖箱子的女孩走到夜色里吸烟，脸上涂着小区杂货店售卖的粉末，

1　堂·若昂·德·卡斯特罗（1500—1548）为葡属印度第四任副王，1546年率领舰队击败古吉拉特军取得决定性胜利，解除第二次第乌之围。

脸蛋像小丑，脖子缩在麻风病人戴的披肩里。方济各·沙勿略先生隐在阳台的角落，正辛勤地将我们的姓名抄写在格子笔记本上，用的是报纸大标题使用的印花字体。

一条牧犬在离我们五十米远的地方叫了起来，仅仅一秒后，在更远的地方，一声痛苦的叫唤从加油站响起，那人声被汽车行的水泥外壳放大，混杂了其他种种声音，有赛车驾驶员的，有骑助力车的邮递员的，有室内装潢师的，还有最后一名机修师在龙头下打肥皂，水珠四溅，在地面裂缝处闪闪发光：我知道这些，是因为多年前我曾在萨·达·班德拉[1]的车间当过学徒，目睹过在满是油雾、皮革和填絮的空间里，在乳油般的荧光灯下，在满是食物残渣和安培表的脏兮兮的桌子上，电工如何修理电池。我离开了那里，是因为在我将手指头伸进焊接工外套，想找点无伤大雅的小零钱买盒烟的时候，工头抓住了我，一记耳光将我打倒在地然后扔出门外，外面还下着雨。那个印度佬，那个背离了福音信仰、转投他那些笑眯眯的偶像和滔天雷鸣的人，这时候从阳台走了过来，肚子上的赘肉一晃一晃都垂到皮带上面了：

“你身上没票子是吗，年轻人？”

耗子正在天花板上的空隙处密谋，它们从高处弄下来一块白灰墙皮，与此同时，老妇人张着嘴，像瘸腿的癞蛤蟆一样扑了上来，用马蹄般的手掌前端紧紧抓住混血女人，把她往印度使徒旅馆的地道里拽，有个孩子正在一层大厅哀号，那里面装饰着十七世纪的瓷砖画，上面描绘着狩猎或是圣母显灵的景

---

1 现名卢邦戈，安哥拉第四大城市。

象。而我此时想的却是，乞丐们的小羊是站着睡觉，还是双膝跪在粗糙的荒地上颤抖。

“你连一角钱都没剩下是不是，赶紧向本大人交代。”方济各·沙勿略先生突然开心起来，雀跃地在我背上连续拍了几下，这时风从河岸边吹来无螺旋桨的水上飞机那英雄般的柴油味，飞机停在真福品堂区那边周日渔船集市的地方，透过监视窗上的汗水可以瞥见，机上乘客还都坐在位子上面。

“别在意，要知道我可是曾经有过三座电影院，每个都有四百个座位呢。”方济各·沙勿略先生安慰他说。曾经狂欢节的时候我会在休息室组织舞会，有假面比赛，有免费酒水，有氢气球派发给孩子们，这些气球第二天会飘浮在天花板和地面之间，甚至从楠普拉[1]邀请来过一队曼波舞高手，谁知道万贯家财顷刻间就化为乌有。

溪区和女王宫的路灯在山脚闪烁，就像堂佩德罗一世[2]午夜嬉戏时的火炬，而我的儿子，那个永远拉着我的衣袖、永远赖在我的腿上、永远钩着我的腰带的儿子，现在正盯着我看，眼神紧张、沉重，那完全是成人的眼神，从他在战地医院降生以来，我从未在他的眼睛里看到哪怕一丁点童年的月光：这个小小的人儿既不像我也不像亲戚中的谁，这个小崽子仿佛直接传承自莫桑比克卡尔莫纳丛林里的黑人远祖，当年他们坐在茅屋门前的草席上，手里拿着葫芦状的烟斗。我靠着门框，一

1 莫桑比克第三大城市。

2 葡萄牙的佩德罗一世（1320—1367），1357至1367年在位，绰号残酷者、公正者，他和伊内斯·德·卡斯特罗的生死爱恋成为欧洲文学中长盛不衰的题材。

边蹭痒一边努力嗅着，但是里斯本的夜晚并没有咖啡种植园的味道，闻不到龙爪茅缠绕其上的庄园主豪宅的梁柱，闻不到圣保罗城堡的斑点，也闻不到大地宽广深厚的呼吸，只能闻到丁烷，闻到油炸食品的烟味，闻到过去数个世纪积累的臭味，闻到修士的母驴，闻到坑洼不平的空地上患病小羊羔的粪便。庭院里的灯泡一闪一闪，连蚊子都被搞糊涂了。雷耶斯海军上将大街的信号灯将车流引向走私者聚集的马丁·莫尼仕广场，在那里，无家可归的海上填船缝工的叫苦呻吟被乞丐的吉他重复弹唱，直到令人作呕的地步。方济各·沙勿略先生在阳台叫我过去，他以教士般的威严合上书，而我注意到混血女人被打扮成木偶或是马戏团小丑，就像穿着男人鞋子的女孩，她的鬈发被束成打结的顶髻，指甲被涂成银色，嘴上涂着口红，眼睑化成绿色，皱起眉头的额头上有一道让人惊叹的逗号。老妇人手拿着针，匆忙地替她整理胯部金银线织衣的褶皱。

“你老婆得在下面的酒吧工作，直到把那点住宿费全部还清，”印度佬一边大力摩擦着他大房子般的腹股沟，一边决定说道，“如果一切顺利，小伙子，很快我们的处境就会比在洛伦索·马尔克斯[1]拥有三间电影院要好了。”

1 莫桑比克首都马普托在葡萄牙殖民时期的曾用名。

关于我，没有什么是需要了解的：我把碎秸秆做的摇椅拖到庭院中心，那里能看见门，而且地板吱呀的响声稍微小些，我关上灯然后就坐着等，在黑暗中沉重地呼吸，等她们从溪区的夜总会或者桑塔纳广场的树丛中归来，她们满身疲惫，发型散乱，鞋子提在手上，口红因为客人的亲吻褪了色，远远地追逐着她们的还有犬吠声，汽车喇叭声，以及草丛和废弃大楼上如高音笛一般的风声。晚饭后的一段时间我撑着不睡，吸着雪茄，在夜里大睁着眼睛，而到了两点钟，或者是在巡逻车照亮破损的窗帘然后消失在意大利使馆之后，我慢慢起身，以免惊醒和我睡在同一张床上的妈妈和孩子们，下楼梯的时候我用掌心托住肚子，然后坐下来观察埃斯特法尼亚小广场的红绿灯和各种标志，观察金属熔成的字母组成的名字，还有番茄色的月光下更明显突出的部分屋顶，脑子里想的是，我从未拥有过三座电影院，唯一有过的是一间满是臭虫的房间，还是在见鬼的巴基斯坦人社区，那是一间充满令人窒息的汗味、穷酸味以及咖喱味的地下室，布被当作屏幕，不同步的马蹄声掩盖了牛仔驰骋的画面。我会想起非洲，想起挚爱的兄弟们，想起所谓带泳池的别墅，但说白了，只是我们居住的活动房旁边有个洗衣用的大盆，底下有一层雨水在砂浆中缓缓变质，我们的活动房是从倒闭的马戏团买来的，那些人把长颈鹿和狮子都抵押给了城里的当铺，动物磨损的程度就像大衣手肘处那么夸张，它们被放在玻璃橱窗里，和手镯、钟表什么的摆在一起，还有可怜的小丑在展示柜里朝着我们发出悲伤的大笑。

所以我就听着摇椅的声音，听家里各式各样、奇奇怪怪、窸窸窣窣的声响，听黑暗中屎壳郎的步伐，听蛾子的骚动，听住客的鼾声，天尚黑着，通过邻近的坑洼中鸟儿的喧闹，我听见早晨的到来，与此同时我等着女人们爬坡上来，她们走出科洛尼亚区和卢西亚诺·科尔德罗街那些狂野的售卖伏特加的迪厅，进到旅馆时一个个都因为假酒头昏脑涨，经过我身边时完全注意不到我的存在，但我坐在这里的目的只是为了伸出双臂，架住位于最后的那个女人，醉得最深、最没力气也最无戒备的那位，把她摆在阳台的凸起处，掀起她裙子上的亮片，然后强行在她的大腿上耕作，像犁地一般使劲，让摇椅在地上直晃，座位上的稻草也跟着前前后后，直到我的抽插和木头的叹息一同结束，她整理衣裙的声音像纸康乃馨混合了鸽子翅膀发出的声响，而我一边提上拉链一边走开，推开遇到的第一条野狗凑上来的嘴，野狗从夜色中走出来，在旅馆这块墓地的门槛处，窥视着那些沉睡住客的木乃伊。

其实我没有多个电影院也没有游泳池：只是在那座古老的

黑奴商人建立起来的殖民城市，在遍布全城的破烂棚屋中间，我拥有过其中一间破烂棚屋，还有我的妻子，比我小三十一岁零七个月，我用她和一个哥们儿换了一张去里斯本的飞机票：“她还有家具都归你了，给我飞机票就行。”我那哥们儿像坐在浮标上一样蹲坐在坐垫上，为的是减轻肛瘘的痛苦，他盯着我的神情满是怀疑：“现在这么多人要上飞机走，欧洲看来有大生意可做啊。”他最后说，他需要三天时间，去向一位搞塔罗牌和预测日食的侄女请教，与此同时，为了评估交易价值，他会带走我的妻子试用，因为“我怎么知道她是不是会缝衣做饭”。“她还没成年呢，而且也没病，”我鼓励他说，“我可是花了老长时间教她服从，不过现在你叫她做什么她都会做，会熨衣服，懂印度菜谱，能帮你卖木偶，用八十块钱你到哪儿还能买到这样的小妞？”

三天过后（天下着雨，虽然那附近并不热，只有自我陶醉者忧郁的狂喜，还有惯常的五亿只蚊子在叮我的耳朵），在凉鞋在小巷里踩了两百米的水之后，我一大早就敲响了他的铁皮大门，在波浪形的金属上敲打了至少半小时，直到我那哥们儿从他水汽弥漫的梦乡中喊出“谁呀”。透过金属板的裂缝，我能感受到里面的黑暗，弥漫着小鸡和得了支气管炎的人们睡眠中的气息，就像是被沉重的家具压扁了似的。我小声说“是我”，这时候雨变大了，天空闻起来有硫黄和干蒜头的味道，最初的几声雷鸣如巨石一般在茅草屋顶上爆开翻滚。“去给你丈夫开门”，我哥们儿命令道，他的声音因为风的虹吸作用变大了，过了一会儿门闩落了下来，女孩出现了，她光着脚，手里拿着平底锅，屋里像往常一样，寥寥几件家具在墙角积着水藻，铁丝相框中有泳衣美女的彩色相片，旁边散落着野蛮人工匠做的不值钱的小玩意，他到处去咖啡馆、咖啡座骗卖的就是这些东西，一边还有瓷鸡，还有坏掉的水槽，而我哥们儿在床上流着汗，散发出旧皮革的臭味，因为热病引起的近视，他的瞳孔失去了焦距："我这回打摆子厉害了，从昨天起就走到哪吐到哪。"而我的妻子，你们要知道，她可是白人商人的女儿，她父亲拥有周围一公里内唯一的馆子，现在她却在用凉绷带给他的胸部和头部降温，比和我在一起时的任何时候都要顺从殷勤，就连去年冬天我深受尿结石折磨，连着六天在床垫上翻滚的时候，她都没这样过，现在她却如母亲一般替他擦拭，帮他擦干净胡须上的水珠，他那年纪都能当她曾祖父了，这个贱货。"卢尔德斯，把票给他。"我的哥们儿在他垂死的间隙说道，小白妞将手肘伸进一个瓦罐，在钥匙的碰撞声中摸索了一会儿，接着用我初次见她时那种杂种狗的步态朝我走来，当时她正从香菜园去她父亲的活动房，身材高挑，发色金黄，体格健壮，像一匹高大温顺的母马，仿佛会在上桨帆船的阶梯时偷偷地一次迈两级台阶，她用臂弯提着一个巨大的篮子，没有看我就消失在屋里，只留下蒸汽在我的骨骼中沸腾燃烧，让我茫然发怔，我的妈呀，就像现在一样，她把票递给我的时候，近看包裹在她身上的是条毛巾，我仿佛能看见毛巾下面裸露的身躯，丰满的胸部，平坦的小腹，还有金黄色阴毛中的白沫。一只鸭子闯入这间屋子，徒劳地试图往高处爬，但总是掉下来，掉到破破烂烂的小型布椅上，椅子的扶手缠着酒椰树皮。"你拿到去里斯本的票就赶紧走吧"，在已经被水完全浸湿面料的毯子下面，我的好哥们儿抱怨道，他的身形比平时还要瘦削，而我在想，想的同时还是没有停止欣赏她的美貌，还在打量她健壮的双肩和平静的阴部：我想毁约了，真是的，我想扯着她的马尾把她带走。“我重新考虑了一下，”我对那病号说，“这桩交易我吃亏了。”这时我哥们儿从床单下面坐了起来，怒气冲冲，他用块纱布擦了擦脸颊，双眼虽然又红又小，而且因为疟疾的折磨，因为他已经大到数不清的年纪而暗淡无光，但他的视线却仿佛能将人刺穿，里面传递着交易绝对不能取消的信息，他皮包骨头的脆弱身躯在难以想象的短小四肢衬托下显得出人意料的巨大。“把我们答应好的东西给你丈夫，这事到此为止。”于是我的妻子就把票放在桌角，然后着迷了一样朝那个骄傲的麻雀一般不容置疑的声音走去，直到把屁股靠在男人耳边。鸭子惊恐地嘎嘎叫着，一边的翅膀被帆布缠住，张着嘴巴连续蹦跳都没法解脱出来。地上有鞋子、变了形的咖啡壶还有芒果核，花边裤衩、折扇骨以及成袋的纽扣。“你今晚得出现在机场，”我的哥们儿一边因为咳嗽全身摇晃，一边提醒说，“你已经核对登机时间了吗？”而她，那个蠢货，在给他缝枕头，在试图点着出故障的火炉，替他冲一杯草本茶，她在堆成小山的垃圾中间走动，显露出夫妇般的亲昵，不断地驱赶着我。鸭子成功地从椅子的皮条下面解脱出来，然后用气人的摇摆步从床下溜走。雨点滴在毯子上，滴在我头上，滴在女孩、老男人还有鸭子身上，他们一起用同样的敌意或冷漠盯着我，而我赶在最后一次广播提醒时登上了飞机，这期间雨下个不停：“请从这道门进，谢谢。”我跟在后面，打着伞，朝闪电照亮的阶梯处走，电闪过后，万物又陷入悲伤消沉的夜晚。飞机在几无灯光的跑道上飞速前进，随后在昏暗的茫茫海面上升空。这意味着：透过窗户，除了我们自己的影子，什么也看不见，但我知道下面是海，我记得小时候自己有多少次望着波浪追忆着果阿。

五十三年前，一位传教士主持了他们的婚礼，那位牧师是随着一艘迷航的小船到来的，坏血病和疟疾让他消瘦得像个无处安身的阿比西尼亚[1]人，那时的几内亚只不过在河口有一些乱七八糟的房屋，很多还是木头房和茅屋，在同一根木棍支起的船台旁边的同一块岩石上，孩子和鳄鱼一起玩耍，四周是政府大楼和一座不怎么壮观的小教堂。巨蟒在湿润的水塘里长得越来越肥，而他们正在服丧的女房东整天一只脚穿鞋另一只脚光着，擦得发亮的短靴总是在空中飞，然后将蚊子压扁在墙上。到了周日，在因为炎热生了苔藓的床单下面，当两人的肉体互相索求碰撞的时候，妇人高低不平的脚步声还有上百个前后不一的钟摆声从楼下传来，还有砖墙上皮革报复性的爆炸声，最终让他们欲望全失，决定一起上街去，又因为阳光刺

1 埃塞俄比亚的旧称。

眼，他们坐在小广场低矮芒果树下的长椅上，树干因为缺少露水萎靡不振。要不然他们会一直走到码头，被土著天生的好奇心驱使，去观看移民船永远雷同的靠岸，移民者多带有葡萄牙山后省或贝拉省人的深色皮肤，在午后蜡状的蒙蒙细雨中露出蜡黄的脸庞，他们缓缓走下甲板，这速度就像在出席葬礼巡游。在这五十三年间，建起来的东西有：几十座小教堂，但都很快化为废墟；一个社区，专供在贡戈拉[1]式十四行诗生产工厂的工人，还有在胡须中间寻找变音符的失业编年史家；还有一个下水管道，却永远被蝌蚪堵塞。灭蚊人死于囊肿，所以昆虫可以自由往来，虽然还有威胁来自壁虎、厨房墙角柜里坏掉的热水器以及波尔图葡萄酒瓶上的搪瓷浮雕（女孩和半人半羊的农牧神在草地上享用午餐）。一开始在下层住的是庄园总管，他偷偷摸摸地和王国警察做着买卖暹罗小男孩以及锡合金做的小玩意的生意；后来住进来的是个头上抹粉、脚蹬系带高跟的诗人，总在吹嘘自己是已故的伟大的曼努埃尔·玛利亚·巴博萨·杜·博卡热[2]的密友，“在罗西奥广场的酒馆里，我亲眼看见了那个时代最美的即兴诗作的诞生”；再接着，到了打仗的年代，住进来的是饱受肠热病折磨的军官，他们每过两年换掉的不仅有军衔还有面孔，从丛林里回来的时候他们脸上的毛发茂密到跟真菌似的，因为在那个年代的几内亚，我们大家都在日益消瘦，就连南洋杉木，就连铝一般的海浪，就连穿过屋顶

---

1 路易斯·德·贡戈拉·伊·阿尔戈特（1561—1627），巴洛克时期的西班牙诗人，是夸饰主义的代表人物。

2 曼努埃尔·玛利亚·巴博萨·杜·博卡热（1765—1805），葡萄牙新古典主义诗人。

水槽的风，最终都缩减成小小的晶化了的高音笛。迫击炮、火箭筒和无座力加农炮爆炸时的力震撼了比绍的潟湖，那威势盖过了三月的闪电。到了晚上，一群群持有手枪的殖民者会走街串巷恐吓着阴影，而黑人妇女蜷缩在茅屋里，用干瘪的胸部让孩子们保持沉默，周日他俩再也不会满怀压抑的欲望坐在小广场棕榈树下的长凳上：如今他们穿着衬衣在屋里徘徊，无事可做，无处可去，身上满是蚊子叮的包，毫无兴致地盯着瘸了腿的床架或是透过窗户看码头，现在那里靠岸的不再是移民，而是载着士兵的邮船或快帆船，但他们的眼睛里一样有孩子般的纯真与惊奇。有天晚上他们从广播里偶然听到，在风暴般的口哨背景音里，里斯本发生了革命，各种新闻、通告、行军、政府人员入狱，还有陌生的歌谣，第二天这里的军队似乎神经不那么紧绷了，轰炸稀疏了些，戴着闪亮眼镜、穿着节日盛装的黑人取代了白人出现在咖啡馆和广场上。有人把他们召集到剧院，那里平常上演让人疲惫不堪的说唱剧以及消防员的朗诵会，一位锁骨上挂着三条绶带的炮兵上校来到台上，缺口处管弦乐队在热情演奏走调的国歌，上校对他们一个个行过吻手礼，然后以反常的慷慨提供他们免费回葡萄牙的机会。一位龋齿处镶金的女街坊，她前夫是个土地丈量员，曾跪着一寸一寸丈量过小溪和山丘，却在计算时被石头般静默的鳄鱼所欺骗；她如今仔仔细细描绘着将要到来的复仇、枪决、齐射和搜捕。楼下居住的那些肠子烂掉的军官作鸟兽散，搭上了回欧洲的飞机。整营整营士兵因为阿米巴虫和蛔虫抽搐痉挛，下士们因为昏睡病在军乐队奏乐升国旗时打盹，他们纷纷登上锈迹斑斑的轮船，上面还装有他们的武器和死者。赤脚的游击队员身着迷彩，颈上挂着项链，呼出食人野猫的气息，他们在城市阶梯上下扫荡，用刺刀屠宰着黑白混血儿。一名大胡子黑人，手持烟斗，面相专横，根本不对他们问好就占据了底楼，他还有一群头戴贝雷帽的食人生番保护，这些人永不停歇地咳嗽吐痰，震得橱柜里的茶具响个不停，那套茶具属于过世的女房东，上面绘有澳门佛塔。过了一星期，又有人把他们召去剧院，向他们保证会有回王国的票，但在那之前却进行了数小时让人摸不着头脑的宣讲，三位身着战斗服的少校站在中央，在绘有国家徽标的桌子后面叫嚣着激烈的言辞，内容有关法西斯主义如何在塔拉法尔集中营[1]油锅一般的烈日下杀死我们，警察如何开展宗教审判一般的审查，将在最隐秘的印刷车间中诞生的我们的无数杰作斩首，还有连教皇都在第七届基督教世界语大会的闭幕词中谴责了殖民主义，对我们的忧虑表达了惊骇和关切。土地丈量员的前妻向他们保证，黑人被空空如也的商店所激怒，正在行军灶上用文火烹制城里的小孩子。杂货店里肥皂和烟草大量缺货，所以他们就吸桑树叶和植物标本集的书页，再用砂纸磨掉手指上的烟垢。货船靠岸的时候空载，离岸时却被人和箱子挤得满满当当。比绍的白人一扫而空，雨季开始了，在这样一个充满野蛮胜利气息的土地上，在大楼正面的小窗都被人用机枪破坏的地方，他俩完全不知道应该如何是好。土地丈量员当时正忙于在象牙海岸[2]一寸一寸地丈量国界，那人的前妻不再找他们宣讲烹煮小儿或是复仇的故事，而他们后来才知

1 位于佛得角，为萨拉查独裁时期（1945—1969）关押政治犯的监狱。
2 科特迪瓦的旧译名。

晓，她和一名来自柏拉拿[1]、脸上涂着油彩的游击队员姘居了，一起同居在那间气味难闻的茅舍中的还有两名福拉尼族[2]妇女，正在一起谋划着阉割和绞索。在贡戈拉式十四行诗工厂工作的一个朋友，叫作哲罗姆·巴伊亚[3]的，向他们描述了各种可怕的场景：鸡奸、下毒、ABAB式交叉韵脚、成群戴着手铐脚镣的犯人被枪托威逼赶往荆棘丛。茶叶喝完了，他们只能天天将同一个已经毫无味道的茶包用线拴着泡在沸水里，这时妻子背对着他，用她一如既往，和三十八年前亲手埋葬他们小女儿时一模一样的平静语调说："我已经不属于这里了。"

丈夫透过窗眺望着比绍鳗鱼生活的潟湖，入海口没人在捕鱼，雷公在屋顶上弹奏着无弦吉他，他在玻璃里看到一个老人的投影，没有一下子认出来那是谁，因为他只是在周六才会照着镜子快速刮胡子，就算那时，他的注意力也更多放在下巴上的刀痕，而不是他的秃顶、皱纹和时间留下的其他毁灭性的印记，他用手指捏起脖子上蜥蜴一般的皮肤，岁月的残酷让他很不开心，觉得这是不公正的惩罚，但当他转过身面对他的妻，她正在用牙龈吮着对茶的那点久远的回忆，他再次愤怒起来，因为他突然惊觉，时间的侵蚀也在她身上留下了无法医治的痕迹，让她的双腿布满静脉曲张的大理石纹路，眼皮越来越下垂，腰带越来越松，他最终不快地承认："我们也不属于我们自己了。"这个国度无情也无收益地吞噬了他们的脂肪和血肉，让他们觉得和刚来时一样贫穷。当天下午，他走过政府大楼里王国保卫者们

1 莫桑比克首都马普托市一地名。
2 主要生活在非洲中西部的一个游牧民族。
3 哲罗姆·巴伊亚（约1620—1688），葡萄牙巴洛克风格诗人。

破烂的壁毯和油画，在一把达官显贵坐的椅子上等待，周围还有十几个白人和黑白混血，他等待着自己的名字被叫到，然后一位身着短打、配着匕首的职员在大楼深处接待了他，那里满是损坏的脚蹼和台球桌，在一阵难堪的沉默后，他申请了两张去里斯本的船票。回到卧室的时候，妻子正坐在床边，用很多发卡打理着发髻。他就是在这种情况下，在吃完午饭将小茶包浸在杯子里的时候通知她说："十二天后有船带我们回欧洲。"

这段时间里，暴风雨一直在屋顶的百叶窗发出竖琴般的哀鸣。风扰乱了芒果树的枝杈，让鸟儿失去了方位感，最后的士兵在跳跃的雨水下佝偻着身子离开。珊瑚虫和小蘑菇爆发性地出现在毛巾的褶皱、遗落的拖鞋、灯罩的麻线上，还出现在多年以前一对新婚夫妇在冷杉景观前的相片上：我们两个，我穿着长襟礼服，你戴着纱巾，年代太久远面孔已经看不清了，但我还记得摄影师的小胡子如何消失在相机罩下，还有他如同溺毙者一样肿胀的手指，他的食指戴着红宝石戒指，焦躁地对我们打手势："我的上帝啊，你们别再动了，看着小鸟，好了。"然后他们尴尬万分地站在那只奇怪的鸟面前，那只鸟三只爪子固定在用来显像的锌制水盆旁边。

白人在减少，取而代之的是黑人更多地出现在深陷河岸芦苇荡的房子里。他们占据了军队遗留的营房，那里没有了战争的沉重感，但还点缀着军事标语和穿着袜带的女人的画像，她们乳白色的颈部就像新艺术运动[1]风的灯罩；他们睡在

1 十九世纪末、二十世纪初发生在欧美的形式主义运动，主张艺术家从事产品设计以达到艺术与技术的统一。

公园的长椅上，无视雨水，捷克斯洛伐克制的自动武器放在膝上，用来捕猎小狗当午餐；他们在街角布置岗哨，喝的是药房的大瓶高锰酸盐水；他们进进出出政府大楼的印花门帘，充满蔑视地踩在权力的石板上。楼下那些大胡子食人生番到处吐痰，吹着口哨发泄怒火和发布命令，我们躺下时他们就在我们颈背的正下方，妻子说着“我不属于这里”时的低语来自她内心的幻灭和苦难，她重复说着“我不属于这里”时，用的完完全全是相片中那个新嫁娘的声音。一艘浅色的大货轮接近码头，威胁要用锋利的船头毁掉比绍，船头有个塞壬像，塞壬有着巨大的骨盆，用她性器周围金黄的毛发分开海水的泡沫。“我们现在哪里人都不是了。”丈夫回答的时候同时指着那艘船，上面遍布小三角旗和王室徽章，主桅杆上挂着阿丰索·德·阿尔布克尔克[1]总司令的旗帜，其旗帜因为处在飞檐、起重机、滑轮和棕榈树的针叶之上而很难看清。他们将结婚照和珍珠母白的小首饰盒一起打包，他们在首饰盒里收藏着多年来的纪念品（一枚蓝宝石戒指，一个奶嘴，一个小型法蒂玛[2]纪念章，一个瘦小女孩的侧面像），男人把剩下的钱放进还没洗的袜子里，然后躺倒在一堆内裤上，意识到的雨声正在搅乱他的睡意，他想着将要送他们回欧洲的帆船，想着乌云下方的竹制缆绳，乌云因为阿达马斯托[3]和湿度大而显得更加压抑。和往常一样，最后几个晚上妻子都花了好几个小时在房间

1 阿丰索·德·阿尔布克尔克（1453—1515），葡萄牙亚洲帝国的奠基人，第二任印度总督，率领舰队攻占诸多重要港口如霍尔木兹、果阿和马六甲等。

2 葡萄牙中部教区，因1917年圣母马利亚显圣事件成为天主教圣地。

3 葡萄牙诗人卡蒙斯在《卢济塔尼亚人之歌》中创造的怪物形象，作为好望角的人格化身向达·伽马的船队发起挑战。

里因为白内障翻来覆去，再次忆起女儿葬礼上的风信子，她布满老年斑的手腕筋腱紧紧握住床头的铁栏杆。“你别忘了缝纫机。”这是男人从她口中听到的最后一句话，之后他就陷入了软绵绵的昏迷状态，内中飘浮着从黑暗中回荡起的过眼云烟。接下来的那个下午，虽然天色阴沉但空气干燥，一大群黑人聚集在码头，期待能捡到一桶鱼，或是装卸工忽视掉的托架和衣橱，而他们用力在人群中拨开一条路。因为没下雨，信天翁和“白化瞎子”[1]从摆放着火车皮的地下洞穴冲出来，围绕着三桅船不停地呼喊。港口的石头要么在水中发亮，要么因为水母摇摆，而他们突然发现，自己隐约能看见大胡子邻居拿着手枪驱赶着黑人，为的是清开上到船尾楼甲板的通道，一群和他们一样年老的乘客正在扶着滑溜溜的扶手向上爬。螺旋桨附近的海水黏稠的样子像口水一样，让“瞎子”和鸟儿起了食欲。比绍的芒果树和茅屋从瞭望口消失了。穿着条纹衬衫的见习水手在横杆上操作，迎风展开如同马戏团幕布一般的帆布。女人在下铺的床垫上，手肘撑着缝纫机，一层粗布罩保护着机器，使其免受余波的荼毒。经过三个月的航程，一小块桃色的太阳从花岗岩般的云层中冒了头，之后不久，他们就能远远望见里斯本叙利亚人集市的熙熙攘攘，望见城堡的围墙、犹太人的火堆、受鞭刑者的游行，还有同时在行驶的奴隶马车、巡洋舰和自行车。女士们面带永恒不变的亲切微笑，翻领上挂着各自的金属名牌，让他们分散登上停在码头的大巴车，这些车的挡风玻璃都有三百度的近视。在和狂躁的电车

1 依据上下文，猜测是白蝙蝠一类的物种。

以及拉车的骡子留下的长长的粪便一起行驶很久之后，车停在一家五星级酒店的前院，酒店旁边有一所修道院中学，还有一排垂死的洋槐。他们要去的柜台在角落，那里旁边的沙发上坐着穿沙滩裤的芬兰人，正在如同鱼市一般叫喊着分配房间。

五十三年间在比绍忍受着蚊子和露水，他们很难想象这里的场景：无穷无尽的格状大理石地面，墙上的植物壁毯，装扮成法国入侵时轻骑兵形象的新郎，还有在海星般神秘的寂静中自动打开的门。宽敞的电梯间通常会轻声吹着口哨，走过彗星般的轨道，把他们送到类似大教堂走廊的地方，两侧祭坛的凹陷处用银子标着号码。他们给我们准备的床和博拉马[1]的沙地一样宽广，床上的鲨鱼张着大嘴，在浆过的床单里畅游。教宗般气派的浴缸占据了旁边单间贴着精美瓷砖的圣器室，一旁亨利·摩尔[2]雕刻的马桶专供他们二人，我们在非洲可是要和其他住客共用一个隐私场所，三急的时候只能捂着肚子，等着排在前面的人赶紧拉响水箱。透过红白相间的窗帘，可以远眺里斯本的高楼、教堂的尖顶，看见瘟疫隔离街区和为数稀少的小花园，还有天空，这里的天不再有几内亚暴风雨来临时的乌云，而是身着长衫、双手紧握的圣徒在空中上上下下，光照上去，好似用灰尘给他们修剪了金色的外衣。老人把结婚照放在公爵的五斗橱内，他没有胆子将相片里穿着鲨鱼须胸衣的新娘和现在这位头发稀疏的七旬老妇两相对照，她的举手投足他是

---

1 几内亚比绍一城市和岛屿名。
2 亨利·摩尔（1898—1986），英国现代主义雕塑家。

如此了然于心，相较之下言语根本一无是处。但与此同时，他坐在梳妆台前，倚着靠垫，几块镜子带着无法忍受的恶心将他反复投影，他长久地触摸着脸颊，说服自己接受现在的年纪，他意识到自己缺失的臼齿、一动就痛的肌肉，还有被几内亚的气候摧残的面容，十五岁时，父亲就把他送到热带的士官表亲处，那人最后在边境驻地死于烈酒和梅毒。如今相片中的夫妇变成了碘酒绘成的淡彩画，而我们则变成毫无用处的木乃伊，因为面前公寓吧台里的数十瓶酒而惊讶不已，酒瓶就像象棋棋子一样，令人不安地静静站在桃花心木搁板上。天色将暗的时候，他们忐忑地走进阿尔科巴萨修道院[1]的餐厅，身上穿的是我们旅途中一直藏在麻布小包中的衣物：我的妻子穿着她以前当带扣店收银员时的史前礼服，而我则穿了宽翻领的西服，是阿尔·卡彭[2]和探戈舞者穿的那种样式，我第一次穿是在我们女儿的洗礼式上，配在一起的还有那个可笑的小领带，直径只有鞋带那么长，根本没法将无扣的衣领两边拴起来。

被安排和我们同桌的还有三个卡尔莫纳的庄园主，他们悲叹着损失的咖啡和对穆希马[3]妓女的回忆；有一位河马猎手，河马可以在条件最酷烈的河边一动不动存活百年；还有一名果阿托钵僧，他长着禁欲主义者的山羊胡，嘴里咀嚼着螺丝钉和螺丝扣，在手指间的苔藓处揉捏着面包球。上汤的时候，一个戴领结的胖子站到电子钢琴前的小凳上，用戴满戒指的双手卷起袖口，开始用六十四分音符给鸡汤伴奏。侍从手中托着圆

---

1 葡萄牙西多会修道院，哥特风格建筑，以佩德罗和伊内斯的棺椁存放地闻名。
2 阿尔·卡彭（1899—1947），美国著名黑帮人物，曾为芝加哥黑手党首领。
3 卡尔莫纳与穆希马均为安哥拉地名。

盘，在餐具橱柜的间隔跳起了舞。若昂一世[1]的猎犬在角落吞食着野兔。丈夫一边和汤你来我往，一边注意到，几乎所有的女士不是系着红白的腰带，就是戴着红白的面纱，要不就是身着红白的裙子，这些衣物和窗帘上的印花一模一样。有的衣物上悬挂着司库的铁钥匙圈，像乏味的小钟一样叮当作响，而年轻的女孩子，像那些军属、殖民据点首领的野丫头、被修道院的司机引上歧途的修女中学的学生，则在嘴唇或鼻子上穿孔佩戴那玩意儿，我初识她们的时候她们就是这样游在帆船周围，而我则因为惊愕大声嘶喊。水果沙拉的原料是来自南非的罐头，伞兵复员时把它们扔在里斯本的保管仓库任其发酵，上面堆满了军装、战斗十字勋章以及投石器。沙拉快要吃完的时候，一位中尉穿过倒挂的植物壁毯和大厅里奇形怪状的独角兽，四处致意问候，向侍者做着详细的建议，他的头发稀疏，却如同金银匠人一般从后脖颈向前梳得一丝不苟，在和一位做作的扇着扇子的八分音符艺术家稍做交谈后，他把麦克风调整到合适的高度，对着它吹了一口无形的气，说“喂喂喂”，接着像下冰雹一般用食指敲击了几下，示意戴着华丽领结的钢琴师，后者表示明白，把手放在键盘上开始弹奏军队和弦，此时神圣、宏大、权威的声音发了出来，不单单从中尉复杂的发束，而是从整个屋子里发出，从墙角柜、花瓶、毛巾上的药瓶还有墙上刺绣里奇禽异兽的嘴唇里发出，这声音仿佛身处地下室，又仿佛在悬崖峭壁，音量如同轰炸炮击，又如同比绍的狂

1　若昂一世（1357—1433），1385 至 1433 年为葡萄牙国王，阿维什王朝奠基人。1415 年派兵攻占北非重镇休达，这成为葡萄牙航海时代的开端。

风暴雨，这个声音带着喜悦宣布“女士们先生们”，这个声音浮夸地说:“太太们老爷们，你们能待在丽思酒店完全是由于革命当局像慈祥的父亲一样仁慈，当局热心于保证它的孩子们这段时间能够得到舒适和安宁，民主国家在军队助产士的帮助下即将诞生，将从数十年来压迫我们、让我们窒息的法西斯极权主义腐烂的子宫中出生，独裁政权所幸已经消亡，而受害者们将会在便宜的街区有房可居，同志们，以军队政治先锋领导下的阶级斗争和社会主义建设的名义，犯下令人无法容忍罪行的人将会上绞刑架，会被砍掉左手，内脏会从背后取出，或者会被流放到澳门。这些罪行包括在水池烤沙丁鱼，用野鸡脚踝塞住下水道孔，在陶瓷淋喷头里面红烧或者油炸，将法国建筑师设计的水龙头拿去圣本笃街卖给垂垂老矣的古董商，以及擅自使用酒店的印花窗帘，我再说一遍，用酒店的印花窗帘做成衬衣和装饰，要我说的话，那玩意只有摩尔人的小老婆才会用。”

晚餐后，男人趴在房间里总统般豪华的窗台前，唯独缺少一个靠垫和一份讲稿，他第一次面对里斯本的夜晚，这天晚上因为排气管的煤烟而显得暗淡无光，他看见的是公园的影子落到圆形广场上，树木根据梦中的怪诞气氛聚拢或者分开，他因为这里没有茅草房而感到吃惊，这里没有忍饥挨饿的传道修女，也没有草席上的木薯发出生虫腐肉的恶臭。路灯的光晕让他无法分辨出天空，天上几内亚的湖沼满满都是奇怪的鱼、民兵和芦苇，但早晚的浓雾让他们踪影全无。他的脑海中浮现出妻子的话，“我已经不属于这里了”，他想道，他们已经到了大象的年纪，退休了，没有钱，没有家人，没有家具，全靠寒酸的退休金过活，但那钱已经停止发放，已经遗落在官僚的垫脚板或者是黑人大厦的抽屉里，蛾子和黄蜂在那里的橱柜内部大量繁殖，被枪杀的人成为花园里大丽菊的肥料，他们一无所有，除了他们自己，还有缝合时间的缝纫机，还有塞得满满当当的首饰盒，“我不知道退休金现在在哪儿了，这都是什么事儿啊”，但他还有清醒的意识可以决定去死，只要吞下枪决队的医生给他开的一整板安眠药，这些药是用来治疗噩梦带来的偏头痛的，但吃起来像白垩，好处是可以将人推进无尽的忘川水。他正准备问妻子“你把那该死的药放哪儿了，我怎么没看见”，对，就是那让人失去一切的药，这时他听到妻子在房里呼叫他，房间里满是荒唐的花缎、让人难以置信的丝衣、鸵鸟毛枕头和被之前的客人用水果刀划过的无价家具，她站在那里，摆着胜利的姿势，手撑在生锈的缝纫机上，机器四周是纷乱的毛线、拆散的床单和一块块的门帘，窗帘的边角料随意散落在地上。她穿着一件红白相间的衬衣和裙子，和其他住客一模一样，腰带上拴着的是合金的窗帘环，就像魔术师的戏法一样。她脸上的微笑显得多么快乐、狡黠、青春，至少也是和新婚照那个时期和在床单上不安地度过的最初那几个艰难痛苦的小时一样：

“有人邀请我去楼上洗手间参加猫肉烧烤，”她一边指着电话一边说，电话机的形状是人造树胶的蟾蜍，像是要艰难地从漆盖子上跳开，“你想一起来吗？”

在印度使徒旅馆，他们结识的第一个朋友睡在前面第三个床垫，名字叫迪奥古·康[1]，之前在安哥拉给水力公司当督察，每到下午时分，混血女郎离开去往酒吧，他就和我还有孩子一起坐在旅馆台阶上，望着屋顶横梁上的鸽子发狂，然后他会对我说话，他的语气有点犹豫，一边从藏在外套衬里的酒瓶小口抿着酒，他说三百年前，也许是四百年前，又或者是五百年前，他曾率领过王子的船队沿着非洲海岸南下。他向我解说，怎样才能最好地粉碎水手叛乱，怎样腌肉和抢风行驶，还有在那个八行史诗和愤怒众神[2]的艰苦年代生活有多么不易，而我则假装相信他，以免挑动酒鬼易怒的敏感神经，直到有一天他在我面前打开了行李箱，在满是呕吐和红酒污渍的衬衫、背心

1 迪奥古·康（约 1452—约 1486），十五世纪葡萄牙航海家，第一个发现并驶入刚果河的欧洲人。

2 指葡萄牙诗人卡蒙斯以航海大发现为题材写作的史诗《卢济塔尼亚人之歌》。

和裤衩下面，我注意到发霉的古地图和散架的航行日志。

早上，混血女郎因为喝多了茴香酒还在昏睡，时不时嘟哝几句窝棚区的土话，我则在周边找工作，来偿还胖子疯狂的利息：我申请在制锁作坊当学徒，不停挥着魔鬼的锤子直到血液都涌到太阳穴，或者在满是开膛乳猪的肉铺打下手，那些小猪还长着小女孩般的金色睫毛；我尝试向戴贝雷帽、大腹便便的监工证明，在用十字镐给沥青马路上钻孔方面，自己和佛得角人一样能干，又或是要说服口气像患病乌贼似的卫生督察，比起步履蹒跚的退休老人，我自己在管理市政便池方面要更强一点，那些人可是会把整箱腐蚀性的苏打水倒进石制排水沟，任泡沫在里面发酵翻滚。渐渐地，他把自己无用的搜寻范围扩大到城市远郊，接近麻风病人居住的街区，那里市政厅的灵车整天吱呀作响，他的小孩一直小跑着跟在马车屁股后面；他提议把公墓乱葬坑里死人的那些让人不适的骨头清理出来；帽檐遮住双眼，他竭尽全力想要在河边停车场看管抹香鲸一般大小的豪车，王国的双桅杆三角帆船在一旁巡逻，他看着这些船慢慢变成轻巡航舰；他也曾扫荡苏德勒码头街区的小巷，在满是妓女的夜总会门口，向穿得像扑克牌黑桃J侍从一样的守门人乞求有活可干；他在小馆子吃米糕当午饭，那里只有孤零零的一只苍蝇坚持光顾柜台；他把一根橘子味棒棒糖递给小男孩，然后登上瞭望台，强行担任导游向德国人介绍里斯本的全景，从简朴的鸡棚讲到安静的苦难，还有猫儿舔着出现在身后的阳光；他谋求在杂技场的默剧中扮演被打耳光的角色，甚至只要一丁点报酬，与此同时空中飞人在苍穹中闪耀着旋转，一边还挥撒着滑石粉组成洁白的小朵云彩；最后他还是垂头丧气回到旅馆，心不在焉地在混血女郎脸上蹭一下当吻，女人从山上下来，身上满是奢华的鳞片；他穿过庭院，方济各·沙勿略先生，塞图巴尔的主保圣人，因为腰痛正在摇椅上发出节拍器一样的哀叫，最后他终于坐在台阶上烂醉的航海家身边，航海家正在地上用木棍画着尚未找到的岛屿可能所处的纬度。

在阶梯上他们目睹的不仅是夜幕降临，夜色融解了房屋的构架，同时让狗都复活了；他们还看见了身着金银线织衣的特茹河女神们的离去，印度佬的母亲赶着她们走草地下坡，朝着溪区舞厅、陈尸所正门还有桑塔纳广场鸭池的方向而去，瘦削的女神们因为路上的卵石和树根走得磕磕绊绊，她们肚子里生出来的子女赤裸着跟在后面，呼喊着她们，最后不得不放弃，像战败的小狗回到庄园大门一样进到旅馆里，我的妻子也蹬着夸张的高跟在里面摇摇晃晃，无可避免地磨损着金鞋，鞋子是那胖子逼我买的，他这么做是为了继续增加我的债务，以便将我的妻子永久捆绑在他冷酷无情的淫秽协议上，因为我的欠债不停增长，那势头就像鼻毛和天花板上无名植物生长的速度，直到水力公司的督察帮我把所有的欠款加了一遍，他用的是清点视野所及有多少扫雷船的眼光，“这么多啊，”于是他一边抿着瓶中的烈酒一边建议道，“唯一的办法是用刀刺穿那黑佬的肚皮，靠你老婆的小身板，他可是已经在莫莱斯·苏亚雷斯街买下了两栋楼，还分租了圣母堂区的一间商铺。”那蠢货一天比一天有钱，而我却沦落到只能计算岛屿位置，记着无用的日记，在现在这个王国，没有工作的水手只能在台球室、放黄片的影院还有露天咖啡座无所事事地挠痒，期待着王子从萨格里什写信来，把他们派出去在无边的大洋中漂流，寻找那些不存在的群岛。我们会战战栗栗地拨开大厅的门帘，他会马上说“给孤发现亚速尔”，我们就发现那里，“给孤找到马德拉”，我们还能怎么办呢，就找呗，“给孤在巴西停靠，在一个威尼斯笨蛋把那块土地带到意大利之前给我带到这里来”，我们就把那包含狂欢节、鹦鹉和强盗的大怪物给他带到阿尔加维[1]，在那里他和一众医生、主教共进点心，乍一见到这被十七艘桨帆船、四百对牛、数不清的骡子还有摩尔人奴隶拖动的庞然大物，因为他识见明敏，考虑周详，他立马走到一旁，小声地问我们:“孤的烦心事已经够多了，为何还要这东西？”所以他命令我们，趁午休时间把它放回当初发现它的地方，连一只鹦鹉也不留，还让我们马上忘记为了把它送来所遭受的糙皮病和死亡的折磨，而当年轻的侍从指着窗外问道:“殿下，那是什么国家？”他用抛锚时海军上将的沙哑嗓音斩钉截铁地回答:“那是退潮时浮现的一块沙滩，你个蠢家伙连海岸线都不认识了吗？”接着在无数的“万福玛利亚”和辛勤工作后，我们完成了他的嘱咐，也就是把巴西推回美洲，让后来者可以随意糟蹋它，只是我们没能控制住那些不可靠的鹦鹉，它们叫喊着在里斯本的小广场上空飞翔，看起来就像是不断翻滚着的彩色浴巾。鹦鹉出现在主教堂当作风向标的铁风信鸡旁，出现在侍女的尖顶帽上，出现在奥比多斯[2]的城堞，出现在勃起的阴茎顶上[3]，鹦鹉间交谈用的是侨民的语言，与晚间从旅馆走向溪区的女人使用的话类似，在溪区等待这些女人的是盛满药房酒精的高脚杯，还

1 葡萄牙南部省份。
2 葡萄牙中西部城镇。
3 疑指葡萄牙中西部王后温泉镇生产男性性器陶器的传统。

有老男人们枯燥的独白，二三十只塞壬荡起鲱鱼的光辉，黑夜中的秀发呈现淡金色，塞图巴尔的主保圣人待在我们身后院子里的椅子上，安静地吸着雪茄。他有莫莱斯·苏亚雷斯街的两栋楼，而我却连晚饭都没得吃，佩德罗·阿尔瓦雷斯·卡布拉尔这么想着，如果这就是自由，那自由见鬼去吧，我要的不过是罗安达的夜总会和露水充足、破破烂烂的日出，是那些该死的茅屋，是在非洲时身上的臭气，最起码那时候我既不会挨饿也不会害臊。小孩身上散发着淡淡的、甜蜜的橙子香气，还在庄重地舔着棒棒糖，迪奥古·康因为困倦摇摇晃晃，他身上破旧的外衣原先属于某个工资遭到拖欠的公务员，过不多时他就得架着航海家的脖子，把他送进满是咳嗽糖浆和非洲水牛式气肿味道的房间，然后等待混血女人黑着灯出现，她会揭开敞领处那些让人眩晕的亮片，和我们的孩子一起躺倒在床上马上入睡，无视我作为男人的需求和我血液中的欲望，她说不定已经被那印度佬压倒在柜台前欺负过了，“快过来，小美人儿，给我看看你那可爱的衣服下面有什么”。我是在退伍后不久认识她的，那是一次铁道职工舞会，她想要成为理发师学徒，当时她和教母一起住在阿丽斯镇[1]，我们之间是两个白人的恋爱方式，而不是一个白人和一个混血女人，我俩会挺直身子，端庄恭谨地坐在小沙发上，双眼盯着地面，旁边还有时刻不停做着缝纫活儿的教母盯着，她总在缝缝补补少尉的衣裤，脚边还蜷卧着一只小母狗。当时墙上有一本停留在1935年7月的日历，还有被霉菌不断蚕食的银版相片、小油灯、小圣徒像，桌

1 安哥拉首都罗安达一地名。

子正中有一只陶羊在椭圆形的针织草地上吃草，等到我攒钱在库卡买了房子，凑够五天假，就带你去买这样的床单，我等你等得好辛苦，被水手的支气管炎折磨，不熟悉的上风和背风让我苦恼，还经过狂风骤雨，最后还要通过指南针剧烈摆动下指向的完好无损的海岬。摇椅继续吱呀作响，在旅馆永恒的黑暗里，孩子们又开始像往常一样哭泣，此刻我尽我所能背起寻找失落岛屿的提督，他还在用腐烂的声音结结巴巴哼着水手之歌，嘴角不停流着满是葡萄酒味的口水，我夹着海上英雄穿过庭院，对方济各·沙勿略先生道了晚安，他的大肚子还在不停晃来晃去，我爬上楼梯，替海员脱下外套、领带和衬衫，把他放到床上的时候，我发现枕头上有一只死去的鹦鹉正在慢慢干枯。

尽管思念着罗安达以及在阿尔瓦拉德街区的房子，那里四周被花园围绕，邻居全是工程师，更别提他的欧洲假日公寓，位于卡帕利卡海岸[1]，几乎从未住过的，但曼努埃尔·德·索萨·德·塞普尔维达[2]一般住在马兰热[3]，这栋房子正对着百米外的军营，方便监视前线纵队的到来：而到来当夜，带着惊恐目光的少年士兵或者小心谨慎的中尉就会敲响他的后门（他待在客厅，浑身紧绷，关掉收音机，听着他们的靴子踩在院子瓷砖上的声音），跟着他穿过厨房、走廊、拱门，走进暗黑的房间，一直走到书房，那里光线和煦，像圣像龛，垫着黑布的书

---

1 位于葡萄牙塞图巴尔大区的一个城镇。

2 曼努埃尔·德·索萨·德·塞普尔维达（1500—1552），葡萄牙贵族，其率领的“圣若昂号”于南非纳塔尔地区遭遇海难，幸存者经过长途跋涉到达莫桑比克后又遭到当地卡菲尔人的攻击，塞普尔维达在埋葬妻儿后自己投身丛林不知所终，此经过成为葡萄牙《海难史》最著名的篇章之一。

3 安哥拉北部城市。

桌上依次摆放着祭器：两盏天平、一些钩子、玻璃片、放大镜、试剂瓶、一个显微镜、一些奇怪的工具，还有编上号的小盒子。士兵们从文件夹中取出折叠的文书，并在毛毡上放上闪亮的小颗宝石，那都是黑人交换来的，黑人潜泳到坎波河[1]搜寻沉睡在河底沙里的水晶，而他们用小管驱蚊水或小瓶奎宁换来宝石。曼努埃尔·德·索萨·德·塞普尔维达是个秃顶鳏夫（他的妻子带着风湿病安息在洛比托[2]的墓地里，还有一座长着翅膀的大理石天使像固定在她胸前，以免出现不合时宜的复活），接下来他会一屁股坐到实验室凳子上开始做临床检查，点起的火光比寡妇用的滑石粉还要透明，他用钟表匠用的放大镜遮住左眼，开始像做礼拜一样检验这些类似钻石的东西，它们绝大部分其实是调味瓶的碎片或是碎木炭，这时他就会拿刮铲轻蔑地一把推开，害怕的小兵和嘴里担心地叼着香烟的军官在一旁踱着步子，打破了教士一般的举止，他们紧盯着那由试剂和钩子进行的弥撒，如果有哪块碎石最后收到绸缎包着的盒子里，他们就会心满意足地离开，朝营房大门走去。曼努埃尔·德·索萨·德·塞普尔维达接着会把宝石放在圣体龛里，藏在窗帘褶皱处，等到周五，他在国安局[3]当警督的朋友来吃饭，那是个大胡子无赖，每次来就吃兔肉，接过走私货后，那警察先是把他的份子钱在裤子深处藏好，接着会派个亲信送去赞比亚，接下来秃子就只要等着从荷兰或者比利时收到支票就行

---

1 安哥拉境内扎伊尔河的支流。

2 安哥拉西部沿海城镇。

3 缩写为 PIDE（Polícia Internacional e de Defesa do Estado），为葡萄牙萨拉查独裁期间的秘密警察组织。

了，前提是那些碎石子到了他的堂亲手里，那人移民去了阿姆斯特丹当珠宝雕刻师，在红灯区开了家金店，旁边放荡女子在橱窗里像有血有肉的菩萨一样搔首弄姿。然而有件事比那些石头更重要，并且随着橱子里女性死者衣服上孤寂的灰尘越积越多而越发重要，这件事就是从抽屉里拿出修剪钳，从拐杖架子角取下草帽，将面孔隐藏在云母镜片和帽子边缘的阴影里，在午饭时间，假装随意地修剪墙边的黄杨，为的是偷看女中学生走出学校，她们从街上走过，并不会注意到他，随后三三两两叽叽咕咕消失在公园的树木后面，在身后留下初中水平方程春药般的痕迹，但军营的号角随后就会以战时的速率匆匆将其扫向远方。他回到房间，女性死者在相片里向他微笑，毫无妒意，面带抚慰，脸上永远是那让人乏力的充满理解的神情，他一个人会吃鳕鱼炒豆芽，小房间里满是古时修道院那种又暗又重的家具，还模糊有着语法课的味道。然后他会在高靠背单人沙发上小憩，梦想着十三岁少女裸体在他身边奔跑。

一天早上，咖啡厅的擦鞋工一边用布快速打磨皮鞋尖头，一边用靠近鞋面的声音告诉他，里斯本发生了一系列奇怪的事件：“政府换了，听说要让黑人独立，想想吧，会买奶油面包和吐司的顾客有多气愤。”部队从卡桑热低地[1]撤回来的频率高了，而且架势不再像是要打仗，而是更像和平时期的运输卡车：擦鞋工并不奇怪看到摇篮和钢琴翻山越岭朝罗安达的方向前进。曼努埃尔·德·索萨·德·塞普尔维达在理发店、公证所和药房也都听到了同样的话，系着发亮的鞋带，他在院子的黄杨丛布

1 1961年1月3日于卡桑热低地发生的起义是安哥拉独立战争的导火索。

置了岗哨，头戴草帽，透过云母镜片观察部队营房。他目睹了指挥塔的异常喧嚣，整队整队的步枪手往民用小货车上装整箱的火药和枪支，长官们大喊大叫乱成一团，担架兵在整理滤水装置和防性病膏药。因为某个和直升机有关的复杂生意的缘故，比属刚果去殖民化的时候他就在那里，早已学会在空气中闻出焦虑和胆怯，战败的士兵在匆匆忙忙大甩卖，人们出现又消失，不知听从谁的命令，有人在棚户里密谋，和黑人神父交谈，在桌球布上用单纯的问题打出连击。因此他以极其低廉的价格将房子、整套家具和妻子的衣服卖给一位中餐馆老板，带上剪刀，最后一次因为马兰热的女中学生而兴奋，然后在房间里用双曲线轨迹转了一圈，和有了裂纹的水槽还有走道里的油画告别，他装了一皮箱的衣服，手肘使劲压在上面方才得以拉上插销，到了下个星期，就有人看见他在南非坐上了前往里斯本的飞机。

到达王国，从橡胶转盘上取回还在转圈盘旋的行李后，他马上从一家卖烟草和手工礼品（包括金银丝工艺制成的运水藻小船的模型、米尼奥省[1]出产的玩偶、小瓶波尔图酒、小木桶装的松软蛋[2]以及巴塞卢什的公鸡[3]）的精品店打电话给住在里斯本的哥哥，告诉他“我到了”，但是因为没听清对方回答了什么，于是他横冲直撞穿过一群澳洲修女，她们正在讨论殉道者纪念章、乳色的贞女以及其他不值钱的神秘珍宝，他蜷缩身体挤进一辆出租车，让司机开往他幼年时代住过的桑树花园。草

1 葡萄牙北部省份。
2 葡萄牙北部阿威罗地区特产甜品，主料为蛋黄和糖。
3 巴塞卢什的公鸡是葡萄牙著名象征，传说巴塞卢什有一只被烤熟的公鸡，却歌唱出声，以此证明被控杀人的嫌疑犯无辜。

帽和眼镜应该还在原位，庭院三尺高的小桌还散发着松脂香，上面是带角的手杖架，去世的女人每次手提购物袋进家门，都会因为那么多触角而吓一跳。

哥哥同样秃顶了，他是个坐办公室的海关官员，从来不曾对热带历险感兴趣，现在依然住在原来属于父母的底楼，在那里曼努埃尔·德·索萨·德·塞普尔维达度过了无聊且漫长的童年，他的父亲是个丝绸衣服商人，母亲极其肥胖，走路都很困难，屁股一摇一摆，因为哮喘而疲倦万分。

三十年后的如今，老人家们都带着他们的多重下巴和棉布带的味道消失了，一股脑被腺鼠疫带走了，但是花园还是老样子，周边依然环绕着两三层楼的小房子，里面肯定还住着原来的人，绘画讲解员、在门口放中国大花瓶当湿雨伞架的老海军军官、有着外科医生一般手指的钟表匠，还有贩卖钱币、邮票和十八世纪雕刻的商人，这些人手持拐棍，到了夏日晚间会出来乘凉，要么是在有昏黄月光透下来的法国梧桐树下，要么是在引水渠的拱顶下，远处的电车蹦跳着穿过倾斜的街道。周围还有巴洛克式的酒吧和昂贵的餐厅，众人豪饮着宜人的白兰地，到了晚上九点，花园看上去就像画中的舞台，在等待一场永远不会到来的演出，一位上了年纪的女性配角带着条小狗在树丛间踱步，小狗兴高采烈，撒起尿来也很友善，还有鹅卵石道十字路口的喷泉，极少数开着的窗户，九月的夕阳那让人害怕的玫瑰色光晕慢慢消失：我在这里的少年时代，那偷偷吸过的香烟，那激烈的自慰，还有对邻居家冰山少女的迷恋，但市政清洁工穿着橙红色的背心，用水管冲走了那回不去的童年。

哥哥面无表情地接待了他，颈子上围着餐巾，嘴里还咕咕哝哝的，老房子里面像舞台布景一样杂乱，积累着过去演出的道具，用麦秸撑鼓起来的牛头标本被螨虫蚕食，还有脏盘子、瓷器、衣架、垫着报纸的地面（不好意思，我们正在重新粉刷），书房和以前一样，唯一的新鲜事物是桌子上的电视机，餐厅里秃子和妻子尖声争论着什么，桌上摆着馅饼，一幅绘有野兔、小萝卜和山鸠的油画注视着一切。

曼努埃尔·德·索萨·德·塞普尔维达坐在角落的一把折叠椅上，像仲裁一样聆听着双方的骂声，他的目光扫过餐具橱柜那些框上绘有丁香的橱门，扫过铁锻的台灯电线上的蜘蛛网，还有往昔的灰暗情绪，那时父亲还活着，用餐时肃静得像是身处博物馆。借口说要小便，他起身转了一圈，却总是被线绊倒，他从记忆中取出遥远的剪影，却差一点将鞋子伸进两个衣橱间的捕鼠夹，钩子上还挂着面包糠。沿途他拿起了行李箱，经过房屋后面满是萝卜缨子茬儿的小菜园离开，经过四拃宽的草地和城市蚯蚓，转过弯来就来到公园，公园的围墙就是绘画讲解员们房子的侧墙，他们正裹着方方正正的床单打着鼾，做着有关画法几何的梦。在还没有醉鬼出现的桑树街，出租车灯在电车轨道上摇摆，在这光线的照耀下，他商量好去卡帕利卡海岸的车费。沿途他毫无喜意地认出了里斯本冷清的大街小巷，它们像展开的布料一样单调地依次出现在他眼前：阴森的建筑，嵌在黑夜里的雕像，骨瘦如柴的灌木，因为某个守夜仪式还开着的星之圣殿，接着，从桥上可以看到泊在河面运香料的大帆船，一艘立着霍乱旗帜的远航船，还有圣哲罗姆修道院的石匠，他们借着火把闪烁的亮光，正在编织主拱门的镶条花边。

到了河对岸，经过加油站时，曼努埃尔·德·索萨·德·塞普尔维达惊讶地看见远处卡帕利卡海岸，那里有巨大的像是在沉睡的动物剪影，还有过剩的建筑、旅馆、徽章以及咖啡店昏暗的光影。穿过铁轨的过程中，他遇见了成群结队来度假的外国人和移民的汽车、精品店、迪斯科舞厅，还有一种陌生的热病，但几乎可以肯定的是，这里没有女中，没有十三岁的臀部走在回家的路上。出租车绕过靠近沙丘和木制窝棚的斗牛场，过了一两百米停了下来，平行于正对大海气味的街道和一片沙滩，那里氧化生锈的支架上有妮维雅护肤霜的蓝色球状标志。经过水中金属的折射，遮阳篷的木头腿就像被埋葬的驯鹿的犄角，那里有一整只遭遇海难的驯鹿军队，失去了方向，没有了皮毛，被落潮的舌头送上海岸。

司机（在后视镜里只能看到他的肩部、颈背、双手和像神龛中的圣徒般垂落的眼睑）打开车顶灯以免找错钱（仪表盘上有个告示：我有心脏病，劳驾请勿吸烟），像那些无比久远的片段一样，车内散发潮湿的石脑油以及发馊的机油味，他幻想着黑暗中发生了事故，哦我的上帝啊，我们只想忘记那些记忆片段，摇篮的味道，水嫩的脸庞，对在睡梦中死去的恐惧，妈妈拽着她肿胀曲张的静脉走过餐具贮藏室，再不然，时间上更近一些的，是在罗安达和马兰热的年岁，是国安局警督喝着威士忌的大笑，是他的嘴巴鼻子拱在兔肉饭里。他的房子后面又盖了一排楼房，但妮维雅护肤霜的蓝球是漆黑的海面上唯一可见的星。

他过了街，按下一个按钮，大厅里满是仿大理石台阶、壁灯以及陷在日食一般光亮中的植物，花盆中的叶子挺假，红褐色、宽宽的，看上去就像在鱼食店可以买到的那种小瓶罐头，那上面的纸标签印着鱼鳍。还有两部电梯像竖着的棺材，它们像虔诚的灵魂一样升空，一层又一层，朝着顶层露台烟囱的方向而去，从那里可以远眺特茹河口的沙洲和大船，堂费尔南多[1]就是用它们把他的宫廷从阿尔玛达[2]移到了里斯本，还有灯塔，一望无际的沙丘，渔民用来灯光捕鱼的铁笼灯，还有天空中多风的静谧。

他在七楼下来，进入一片隧道般的空间，就好像门垫的种植园，还有看门人还没清理的垃圾箱，他拖着行李箱磕磕绊绊经过，家家都是铁将军把门，门上有和我眼镜一般高的小监视孔，里面的住客就可以看到缩小的、变形的、姿势荒唐的、被透镜扭曲的我，然后他松开行李，掏出钥匙，进入小小的公寓，里面有个阳台可以看到海浪和小艇，十二年前买下这里时，他考虑的是退休以后，年纪大了不想动，可以躺在软垫沙发上欣赏夏日夕阳，免受非洲疟疾的困扰，到了午餐时间，可以伴着西班牙大帆船的寂静，一个人咀嚼海鲜。

他推开把手，重新拎起行李箱，打开电闸，却发现地上摊着五六个床垫，人影罩在裹尸布下面，还有罐头食品包装，一堆红酒瓶和一个穿着内衣的男人，那人头发稀疏蓬乱，像业主一样气愤地从沙发上光着脚起身："这都是怎么回事，怎么回事？"

旁边的房间里传来一阵孩子的号哭，几个裹尸布下的身影站了起来，依次张开还打着哈欠的嘴：两个头发浅棕的男孩有

---

1 指葡萄牙国王堂费尔南多一世（1345—1383），葡萄牙勃艮第王朝最后一任国王。

2 与里斯本隔特茹河对望的城市。

着羊羔式满是雀斑的嘴唇，一位耄耋老妇胸前紧紧握着一件小网眼衣，一位少年用他沼泽般的眼睛瞪着我。那个头发蓬乱的男人现在站在地上，背带一直垂到地面，他用硕大结实的手指控诉般指着我，一直在重复说："这都是怎么回事，怎么回事？"他的侮辱简直无穷无尽。此时曼努埃尔·德·索萨·德·塞普尔维达注意到，就连阳台上也有穿着羊毛大衣以抵抗露水的人在打鼾，他们躺在靠垫上、毯子上、褥子上、席子上还有充气鹅上，他们的鼻子顶到窗户玻璃上变了形，好像幽灵石斑鱼一样。墙上我的那些隆达[1]面具不见了，我的桃花心木衣橱消失了，怎么看不到我的豹子盾牌了，我的那些被他们偷走的象牙现在在哪儿，还有我的那些装化石的搁板，还有我的热带金龟子，我的描绘烧荒的画作，它们都哪儿去了？现在我能找到的只是挂满吉卜赛人罩衫的晾衣绳，是墙面上的小洞，是装着早餐残渣的盘子，是变质的牛奶和三等车厢的味道，是穿着网眼衣的耄耋老妇往夜壶里吐血。

那些有着羊羔式嘴唇的浅棕发男孩（我的奥地利座椅，父亲传下的无液气压表，被一滴酸性液体劈死的莫萨梅迪斯[2]的蝴蝶，它们都去哪儿了？）从床垫上下来朝他走去，每个人手上都握着酒瓶，那个头发稀疏的男人怂恿着他们，空着的那只手拍在无辜的胸毛上，呼叫阳台上的石斑鱼们来见证他的不幸：

"这种事情居然会发生，我的天呐！居然有这种事！如果

---

1 隆达曾为非洲前殖民时代的王国名，在非洲西部刚果、安哥拉和赞比亚一带。

2 安哥拉西南省份纳米贝的旧称。

这都不是侵犯他人隐私，那什么才是？”

“这是我的房子。”曼努埃尔·德·索萨·德·塞普尔维达对着九旬老妇的咳出物这么说（还有我用来窥视女学生的望远镜呢？我在巴达霍什[1]买的用来引诱她们的糖果呢？那让我更显年轻、魅力无穷的假发辫呢？），边说他边往后退，被酒瓶绊了一下，不得不靠在凳子上借力再次起身，他低声说着，想了想，又用战败了的迷茫口气小声说：“这房子是我十一年前买的，我刚从非洲回来（还有我的云母眼镜，还有我的草帽，还有放学出来的小妞，还有我用钻石做的弥撒呢），明天我把合同带来给大家看。”

阳台上的石斑鱼群强行破窗而入，像走私沙丁鱼的小船一样，他们进屋时带进来那变节的海风，里面有龙虾和溺死者的味道。不知什么东西哐当一声爆了，孩子哭闹得更响，一个女子的声音警告着房内的人，“你们要是不闭嘴，我就得对付这小家伙一整晚。”头发稀疏的那个人作为这一片混乱的指挥者，朝我挥舞着肥胖的双臂，恼火万分：

“带合同来，混蛋？带合同来？我才不想看什么合同，让合同见鬼去吧：我们现在民主了，你个笨蛋，谁住在里面房子就归谁，国安局一手遮天的日子已经结束了。”

“这家伙说他才从非洲来，还不懂现在的情况吧。”其中一个浅棕头发的少年为我辩白，与此同时那个眼睛枯萎的老妇人仍然在往便盆里咳着。

“我告诉你们不要把这小混蛋吵醒来闹我，”那看不见的妇

---

1 西班牙西部邻近葡萄牙的城市。

人从我准备退休后使用的床上发声威胁说着，床边上的闹钟会在九点整在我昏睡的耳边吟唱情歌，“哪个再搞出声音，那就等着给孩子洗尿布吧。”

头发稀疏的男子找了块布遮住他的屁股，用他仅剩的煤炭色牙齿吸了口气，眼睛在那群复活者身上转悠，那些人正裹着床单移动，就像死尸的剪影，他们散发着下水管道的恶臭，发出黑暗里野兽的嘶嘶声：他们是冯特达特里亚海滩贫民窟的人，他们上颌骨凹陷，平常会用草扇给烤沙丁鱼的炭火调温，他们从大海偷来三平米地搭建简陋的小屋，木板嵌在鱼油渣、沙滩上长的白菜芽以及海岸上的甘松茅花瓣之间，他们是衣着褴褛的流浪汉、无所事事趴在灌木丛中的逃兵、因为树脂而变得黏黏的松树丛中的妓女、船只解体的快帆船上的幸存者以及远方卫戍部队那些在海边长椅上抓虱子的士兵，他们幻想着屠杀印度尼西亚人以及远征中国，同时用过时的火铳威胁警察。

“瞧瞧看哪，这个人什么都不懂，真是个文盲。”头发稀疏的男人表现得仿佛自己真的为我感到难过，他面向自己睡眼惺忪的同伴并用手指着我，那些人一边挠着痂，挠着伤疤，抠着眼眵，开始把兴趣放到我的鞋子、裤子、领带和行李箱上，而棕发小子们挥舞着侍从用的细剑在一旁监视。“这人才从非洲回来，真可怜啊，几个世纪没回这里了，一直在压迫黑人同志们，还认为这房子是他的。这里属于人民了，朋友，我们是通过革命光荣地占领这里的，你懂吗？你去市政厅就会发现，这个脊椎病康复院的户主以及经理一栏上是我的名字，而这个丑八怪居然还有脸皮和我说什么合同。”

“呸，给我闭嘴，有点道德行吗，”那女人从房间里大声谩骂着，“小孩刚要睡着，你们就又把他弄得哭闹起来。”

其中一位有着羊羔式嘴唇的棕发男孩抓着他外套领子，问阳台上的人“有人看见这混蛋放好衣服的衣柜吗”，这时候曼努埃尔·德·索萨·德·塞普尔维达感觉自己依然身处马兰热，还在修剪院子里的灌木，还在等待女中学生们经过。在马兰热缠绕着树木的让人气喘的雾气里，他在透过坑坑洼洼的镜片窥视着马路，想象着下课铃响起，想象着快速合上的书本，掉到地上无影无踪的变态的钢笔，一直通向军营的土路，接下来铺上沥青的两边有住宅的斜坡，而我在随意地修剪枝叶，被数十双青春的大腿和柳腰迷得神魂颠倒。

“有人看见这混蛋的衣柜了吗？”

他想象着马兰热那带着盐味的露水，那露水让镜子前的额头长出皱纹，让衣箱里的毛巾发出异味，他想象着软绵绵的天空，鸟儿像马尾藻膜状的条纹一样藏在芒果树影里，死去的女人被遗忘在她的悲剧天使下面，女学生们正在去吃午饭的路上窃窃私语，勾肩搭背讨论着什么，还有钳子正在夹住乌有，夹住空气，因为铁锈变形从而夹住雾气中悬垂着的水滴，他陷在幻想里如此之深，以至于基本没在意他们拿走了他的行李箱（“你在这垃圾玩意儿里面装了什么吗？”头发稀疏的男人一边抖动着纠缠他鼻子的一块布条，一边稍微有点在意地问），拿走了他的外套，他的鞋子被一伙脸上长痘的乞丐争抢，他的钱包被他们夺走了现金和荷兰支票，他也基本没注意到九旬老太牙齿打战，也来绕着他寻找她的那一份，一直到他们把他赶出门外，塞进电梯，扔回底楼的台阶，冯特达特里亚的那些人在上面发着脾气分赃，而他在大厅里犹豫着，心不在焉地靠在邮箱上，他的脑海里还回响着军营的号角，照亮着他的不仅有壁灯，还有安哥拉的浓雾和花盆中的光，他漫无目的地穿过前往海滩的大街，在这之前他盲目地游荡，走过没有螃蟹踪影的露天咖啡座，最后离去的侍者在那里堆放着桌椅，通往海滩的大街两侧是餐厅和鱼铺，上方是妮维雅护肤霜的蓝球，字迹模糊不清，正对着卡帕利卡海岸那被点点泡沫点缀发白的水面。

曼努埃尔·德·索萨·德·塞普尔维达感知到黎明的到来，太阳让屋顶、他身后的阳台和市场的搁板摆脱了非洲的浓雾，一群野狗在退潮的海浪边小跑，一路嗅着沙丘上的粪便、破靴子、烂篮子，玻璃杯的反射光灼烤着眼睛，让人感觉就像眼里进了颗粒。此时大概是清晨五六点钟，视线所及，沙地上没有任何人类的踪迹：只有坍塌的窝棚，一个油炸食品的小摊，一辆缺少零件的活动车，树叶成为活动车的窗帘。清晨五点，越来越大的波浪将尾巴还在摇摆着悲伤弧线的野狗推向我这边。一个吉卜赛人身着黑衣，从拖车里跳出来，一边吸烟一边朝水面走去，手里还拿着水桶。狗群显得越来越大，像愤怒的乳猪一样喘着粗气。我靠在妮维雅护肤霜的球上，这时调整了一下姿势，系紧环绕脖子的衬衫衣领，就像自己高高飘浮在恐惧之上，高高飘在苦恼之上，飘在结石之上，飘在无盐的食物和马兰热的女学生们之上。一位墓地天使带着蝙蝠坍塌的翅膀踩扁了我的肚子，午休时的宁静在他身体里蔓延。那个吉卜赛人从海里归来，野狗的支气管炎在我耳边歌唱。曼努埃尔·德·索萨·德·塞普尔维达闭上了眼睛，同时太阳开始满满地给他上色：

“我要睡一会儿了，”他想着，一边把脚踝藏进沙子里，“这样一来我就没什么东西可以让他们抢了。”

过了两三个星期，这期间有无数参与航海大发现的帆船经过，上面满是焦愁的眼珠以及松散地抵着中空腹部的行李，叫路易斯的男人终于放弃等待他的冰箱和炉灶，那些东西一定已经被罗安达的卡菲尔人偷走，然后卖给了加蓬的德国种植园主，他决定，在棺材里和虫子一起发酵的父亲只能享受一场偷偷摸摸的下葬，得是晚上，在墙壁旁边那块墓地被人遗忘的阴影里，那里的杂草高得能挡住掘墓人的视线。黄昏时分，有一名看守和他聊着天，一边看着桨帆船以及快帆船进港，那些船被妖风打得四分五裂，指挥船只的戴三角帽的幽灵因为和塞壬交媾迷失了心智。看守把剩下的盒饭给了他，也就是滴着油脂的土豆、香蕉柄以及粘在锡纸上的鸡软骨，制作这种陆地水手食物的是个女人，地点是修士区一座孩子鼻涕横流的玻璃房。早上，降帆的大帆船强行挤过特茹河上捕捞沙丁鱼的小船，为的是将它自己的麻烦带去王宫，所谓的麻烦是泡在大糖水罐头里的一只麦哲伦海峡刚出生的企鹅，还有众多烟灰缸，上面写着“Made in Hong Kong”（香港制造），但真实的产地是萨卡文[1]。木偶戏台上到处都在杀死异教徒，为的是取悦百姓。时不时还杀一两个西班牙人作为消遣。其他还有得了胸膜炎的机车，永远存在的海鸥以及灌木丛中老鼠留下的无烟煤块，这些老鼠从船上逃出来，吃的是葛粉饼干和海盗木乃伊。

队长会在巡逻间隙站在写字台前，耗费数不清的香烟，解读语法很烂的工作命令，他把自己藏在角落的那个纸板箱借给叫路易斯的男人，箱子里是海务机关的垃圾、宣扬君主制的报纸、信封、无用的书信还有指南针像向日葵一样寻找着错位的北极星，队长这么做，是为了防止这个背着棺木的家伙从他的岗位离开，到城里游荡以便寻找墓地，安置死者已经七零八碎的肱骨。他们把箱子里的东西倒在铁路旁的斜坡上，那里有个残疾人用的轮椅歪倒在草地上，轮子对着天空，然后他们把尸体拉进路灯的光晃下，像穿着狂欢节奇装异服的蝙蝠在周围飞舞，它们的小口准确命中迷途的昆虫。他们合上棺盖上的耶稣受难像，此时苦役犯正大汗淋漓地拉着纤，沿着特茹河往贝伦方向行进，踏上一场离奇的史诗般的航行，将要驶过满是愤怒海神的大洋，而他们正用锯末覆盖在底部，让已经成为液体的父亲不会滴着水从卡纸缝隙逃脱，他俩各抓住裹尸布一头，让异味留在棺木中，再裹上更多的锯末、破布和邮政包裹的尼龙线，然后下了船的小老鼠和从来没有上过船的野狗靠了过来，它们朝棺木外的绸缎伸出鼻毛，绸缎发出水母般的味道，就像

1 葡萄牙西部小城，以制陶业闻名。

放久了的胎盘，直到警卫们厌倦了这些狗，朝棺材踢了一脚，让它摇晃着从码头掉到河里，然后注视着它解体成为木板、花边、棉絮和硬脂块，所有这一切都在入海口被吞噬，像遭到海难的鞭笞。一马车的喜剧演员走在两百米外，他们带着群魔殿一样的笛子，前去王宫参加洗礼仪式，金匠吉尔·维森特[1]也在里面，他在一群魔鬼和牧羊人中间做着手势。

这样一来，叫路易斯的男人把他父亲夹在胳膊下，带着满身的锯末，身后跟着一溜失望的狗随从，他们朝着最近的一间开放的里斯本公墓走去，那里的坟墓都是巴洛克式的，被蜂拥而至的亲属用电池驱动的吸尘器打扫过。他跳过矮树丛，用衣袖赶走蝗虫，在树木的圆锥体中间时隐时现，消失在街角处装着家畜或商品的车厢，又在火车站台和无人凳子上方的霓虹灯处重新进入视线，接着再次在特茹河岸边的七月二十四日大街失去影踪，最后出现在骑马的国王雕塑旁，在这满是政府部门和拱顶的广场，国王显得很孤单，和渡船正面相对。

叫路易斯的男人把父亲换了一边胳膊来松缓一下手肘，我从来没有想过里斯本能用这样的字句形容：迷宫般的阳台窗户被特茹河的酸水腐蚀，电车群像圣牛一样横行无忌，商店里售卖的是小袋装的杏仁以及瓶装烈酒；我想的标志性的词可是方尖碑、发现纪念碑、石制烈士雕像，小广场上刮起历险时那漫无目的的风，而不是满是痛风患者的小巷、全是退休人士的胡同或者令人作呕的仓库，我想的词可是布满远航船的港口，船

---

1 吉尔·维森特（1465—1536），葡萄牙历史上最伟大的剧作家。有说法将他和同时代的同名金银匠视为同一人。

只装备精良，散发着肉豆蔻和桂皮的香气，而最后我发现的只不过是一整晚被人遗忘的楼房分布在上坡路两旁，位于最顶峰的是喀尔巴阡古堡[1]，那片废墟上的城堞布满常春藤，是孔雀瘫痪叫声的安眠之所。

他一路沿着七月二十四日大街疾步前进，为的是让铁路线和河流都保持在视野中，河水呈现昏暗的紫红色，在等待涨潮，他的右手边是昏迷的机车、海水溅起的浪花还有巡洋舰的烟囱，左边则是模糊可见的花园和坐落着疗养院的街道，疗养院里的人在窗边因为肺部的忧郁窒息。他这么做是因为，之前他已经认识到，到了深更半夜，里斯本就会以一种梦游者的沉默抽搐痉挛，只偶尔被救护车喇叭声或是醉鬼的独白打断，醉鬼们在花坛打滚，为的是找到最好的姿势消解酒精引起的胃积热。带喷泉的街道上，市政路灯以拳击场的光亮强度照亮被驱赶的骡子，布满桑树的街道不停地吐出树叶，路西法的洞穴倾斜着，老人的肝脏散发出金枪鱼的气味，而周边还是没有一处公墓，“真是一团糟”，接下来是更多斜眼的楼房，更多烟囱，更多火车，慢慢地，随着他靠近苏德勒码头，苍蝇馆子开始出现，在酒馆和咖啡馆里，有桌子给装修工玩骨牌，而在街道另一边，不男不女的人戴着假发，假发的麦芽色是染上怪癖的汽车才用的，他们敞着领、穿着兔毛披肩行走着，手里像抓救生圈一样紧紧握着漆皮包，里面装着用来掩盖胡须的粉末和补妆用的刷子，可以用来在褪去的眉毛上涂抹彩色的重音符。在

1 喀尔巴阡为欧洲中部山脉，经过捷克、斯洛伐克、波兰、乌克兰、罗马尼亚等国。《喀尔巴阡古堡》是法国作家儒勒·凡尔纳于1893年写作的一本哥特式小说。

台阶顶端有位老妇人，她正亲切地让一群野猫围着一包鳕鱼进食。

就快要到广场之前，带铁皮露台的小酒吧突然增多，能看见那些不男不女的人坐在里面，他们靠着墙酌饮葡萄色的火焰，酒吧里满是罗圈腿的妓女，门口的侍从留着小胡子，像在守灵一般窃窃私语，而我腋下夹着蚯蚓，在城里漫步，我已经一个月没有洗澡更衣，口干舌燥，只吃过残羹剩饭，一直在寻找一座公墓的雪松大门，寻找在黑暗中散布着十字架的街区，里面的居民在橡木架上分解。叫路易斯的男人和占据里斯本黑夜的复活者混在一起，他们包括贝雷帽上没有隼毛的抄写员；穷困潦倒到在街角吞食乞丐汤的击剑士；胡子上满是油脂的拉比；成群结队的船帆工人在桌下将手表和钢笔走私给年过半百的女人，她们如同坐在王座上一样安享着退休后的菩提茶叶；还有在阶梯空地上的摩尔擦鞋匠，他们的口袋里装满了刷子和布。消防员舞会上的铜管乐队给小巷里的斗鸡进行走调的伴奏，音乐因为扒手和警察而高低起伏。不男不女的人和司机讨价还价，然后把他们的大头塞进车玻璃，接着漫步踱向附近的一间招待所，那是一栋满是盆钵的三层小楼，楼梯顶有一盏红色的灯，方便前来光临的斜视患者。还有迪斯科舞厅，像船上的锅炉和特茹河的汗水，而根据潮水的狂热程度不同，有时会冲来下水道抑或失落之地的痕迹。

一群鳗鱼在阳台上啃咬天竺葵的叶子，带领他漂浮过正对河面的宫殿广场政府部门，那里的残疾人正在拱顶下弹奏着弦乐桑巴曲，过了这片台阶后，水面变得开阔，一直流向大海，流向奥古斯塔街上的服装店和酸樱桃酒窖。变性人和他们的玻璃项链还有贵妇人围巾已经被远远抛在后面，因为这座广场到了睡觉时间就归属给了幽静，一种古代玻璃罩和盲人手风琴的幽静。其中一位盲人背着乐器走在我前面，他急匆匆地点着拐杖朝圣阿波隆尼亚车站走去，那里有来自诸法兰西、诸德意志和诸比利时的火车，出租车绕着这座巨大的建筑排成长队，等待着旅客和行李进入，这楼房像个大怪物，比兵营或者监狱更甚，而这后两个地方的声波就足以把水泥都给震碎。车站内，在离去的火车喷出的蒸汽旁，有一盏马戏团式的聚光灯，一处安静的咖啡座，移民们靠着臃肿的包裹打着盹，一位年老的清洁工将烟头扫进铝制簸箕。有那么一会儿，叫路易斯的男人跟丢了那位盲人音乐家，那人天线一般的拐杖尖点地的声音消失在月台后面，所以他最后在咖啡厅找了张桌子坐下，把父亲压在旁边的座位上，注视着一位女报刊贩子，她正穿着围裙，点着钞票。如果他走到一扇门旁边就肯定能看见特茹河，看见鱼雷艇和海豚，还有穿着印花衬衫的码头装卸工，还有下船的火热景象，这一切随着山脊后面的地平线一起慢慢凸显，巴雷罗市的工厂逐渐显出身形。一位侍者来到我面前，像忧愁的圣母哀悼基督般垂下身子，肝硬化的荧光灯下，他白色外套上的污点和口子格外明显，我点了一夸脱苏打水，气泡像昆虫卵一般从水底往外冒：也许在里斯本杂乱的鸽棚和房顶间隙能有一处仁慈的墓地，死者的墓石上还缠着电视天线；就在此时他觉得自己发现了那位桑巴味十足的盲人，那人在活力十足的拐杖牵引下沿着去波尔图的火箭站台疾走，不过仔细一看，那不是他，而是一位不认识的扳道岔工人，头戴便帽，拿着类似长撬棍的东西，那玩意儿可以改变火车的行进方向。侍者因为咖啡厅里没有其他顾客，就坐了过来，坐在两米外的一张桌子旁，从口袋里掏出香烟，叫路易斯的男人惊讶于那人海盗般的面孔和无力的身躯，此时他缩成一团，开始等待早晨换班的同事。

两个人并排坐着，中间隔着死人，他们见证了一大帮清洁女工的到来，又趿着拖鞋消失在酒店的某种屏风后面。一对乞丐穿着没有鞋带的靴子，手指提着塑料袋，他们躺在木凳上，以此解除无数次伸出手朝圣带来的疲劳。一编组的列车呼啸着驶入远处的隧道，而我在想：很快就会关灯了，我会透过前庭的玻璃框看见苍白的黎明，看见丑陋的楼房，外面写字楼的顶端有烟囱，尸虫都住在里面。我们俩，侍者和我，待在这布满车厢的无限空间，身处阁楼般的寂静，只有盲人的拐杖在前前后后无休止地咚咚作响。灯光昏暗了些许，侧入口后面的河水上涨了，但水上既没有船只也没有鸟儿，只是像盆底一样黝黑又粗糙不平。一个声音透过麦克风宣布，巴黎来的快车到达了，随之而来的就是来度假的旅客引起的混乱，他们因为旅途疲惫而变得粗鲁，跛着脚走向写字楼旁排成下弦月形状的出租车。叫路易斯的男人又在人群中感知到了那位盲人，那人前方是位身穿华达呢的先生，正哄着抱在手上的孩子，他聆听着拐杖头敲在水泥地上的摩尔斯码，不过穿华达呢的那人在经过他附近时消失了，仿佛溶解了一样，消失在一群因为困意背着旅行箱踉踉跄跄的人中间。咖啡馆的侍者将圆珠笔和点菜单忘在身后，像展开的风琴一样站起身来，然后斜向穿行，进入应该是贮藏室或者厨房的地方，我打赌他会关上灯，我这么想着，我打赌现在既然法国人已经到了，他会锁上一切，检查门闩，然后走掉，把我和那盲人留在这充斥回音和蒸汽的车间。所以我把气泡水推到桌边，拿起那无骨侍者的纸笔，调整好坐姿，左肘撑在桌布上，伸出舌尖，眉毛皱起，开始写下英雄史诗的第一段前八行。

上帝知道我不想的。上帝了解我肉体的最深处，了解我罪恶的缘故和我动机的迷宫。从印度起上帝就陪伴着我，我露营的父亲在那里给港口海关当信使，而我母亲冒着雨在棚子里烹调乌龟当午饭，之后我在外的年岁里，上帝依然陪伴着我，在季风时节用祂的风的一根手指就吹折了海滩上的棕榈树，还有在大白天降下完全的黑夜，让蜥蜴和女人都变了样。上帝领着我到莫桑比克，让我成为一位侯爵大人的仆从，大人之后乘坐双桅杆帆船回到王国，那些帆都是靠侍女扇扇子鼓起来的，船上满载着东方的玩具，之后会在宗主国的地道里由骨瘦如柴的印度大师售卖，大师们盘腿坐在地上，身旁放着高音笛和卷烟纸。离开洛伦索·马尔克斯的前夜，我躺在两小时前认识的东方女人的茅屋里，当时我正小步漫游在市中心的一条大道，而当我醒来时，在她无言的微笑背后，我看到窗外的地平线，侍女的扇子正在那里招手，还有一位百岁的满大人跪在垫子上，用巴塞卢什产的碗吃金龟子当午餐。几个月里，亲爱的基督徒们，我在小隔间里喝茶吃壁虎，那房间里所有的一切（小枕头、家庭用具、相片和装着大豆的调味瓶架），除了墙面的裂缝和灯罩的纸流苏以外，都停在离地面六十厘米的地方，满大人在地上朝我的方向弯下身，从早到晚恭敬地行大礼，然后在我们脚边摊开他睡觉的席子，伸出舌头的群龙在稻草上慢慢褪色。

茅屋就在海边，水鸟栖息在屋顶的木板上，穿着旗袍的澳门人在街上焚烧熏香，献给颈背垂着辫子的神灵，这些神灵住在盘子底部的佛塔和柳树之间。这街区唯一的白人到城里每家每户上门贩卖《圣经》、情色明信片和留声机，他的名字叫费尔南·门德斯·平托[1]，他在沙滩上有间陋室，里面堆满了昼夜平分点的瑕疵品和马来亚的纪念品，他经常坐在水边，被黎明和黄昏所感动，他把我发展成福音贸易的合伙人，有一天下午，因为隐伏性鼻窦炎的缘故，我来到茅屋的时间早了一点，就发现他赤身裸体，令人作呕地压在像透明小青蛙一样的女人身上，而她还在对着屋顶绽放始终不变的甜美微笑。满大人被一根根熏香环绕，正透过砖坯间的缝隙望着雾气沉思。费尔南·门德斯·平托没有停下他的动作，喘着气向我挥手说“晚上好”，只是当他穿好内裤，胡子还没刮，手还颤抖着，直到这时，他才开始关心卖出了多少本使徒书。“三本”，我被浓烈的香味熏得边咳嗽边回答，因为我能分得利润的百分之零点

1 费尔南·门德斯·平托（1510或1514—1583），葡萄牙冒险家，著有混杂个人在东方历险经历和想象的《远游记》。

二，我终于用自己的钱在贝拉安家了，在那之前我可是月复一月陷入海岸的沼泽，被野蛮人的箭矢追击，直到我偶然在菩提树庄园中间发现一座布满藤蔓的纪念碑。衣衫褴褛的剪影在一贫如洗的草舍间游荡，此时一声哨声从内地传来，将这片密林撕裂成两半，五点钟的柴油轨道车到了，带着它肺气肿般痛苦的呼吸，在树木之上排出黑烟。

伴随着轨道车来临的是无休止的政客、铺路工、市长和税吏。第二天早上，当地电台（是藏在车厢里的石匠于凌晨时分修建的）震动了整座城市，首播的是一档轻音乐节目，由专治幼绦虫的糖浆赞助。一座村落突然出现，由住宅、超市和电影院构成，它磨平了沙丘，并且将凉台延伸到丛林。纪念碑上的树叶被清理下来，石碑被放在博物馆的地下室，放在有名探险家蜡像的影子里。在一艘废弃的单桅帆船上，他们为偏执的海军准将们建了个海军俱乐部，在那之前，那艘帆船填缝工的骷髅得到了清扫，棕扫帚乍一碰到，那些骷髅就都化成了灰。野蛮人被子弹驯服，要么去当实习出纳或是司炉工，要么乘坐丹麦独木舟出海，在冰山幽灵间捕起鱼来。马戏团开始从货车车厢里卸下人货，从桉树和龙爪茅手里抢来广场，杂技演员在安装绳索，下方是面色庄严的人士和他们菠萝色的鞋子。时不时地，总督会在大胡子官员的陪同下视察穷人街区，向他们保证会修建下水道，离开的时候他则抱着一头山羊羔，手臂上装饰着饰带，伴着国歌，他坐上一辆巨大的轿车，车顶篷上挂着一对小旗。

此时我已经住在活动车里了，我所处的贫民区不在对着海湾的那一面，海风吹不到那里，风里带着一丝死去的抹香鲸气息，还有一缕塞壬乳头娇嫩皮肤的香气；那里只会不间断地落下雨滴，如孤儿般安静忧伤。在没有家具的房间里，靠一打有说服力的钞票，还有一则法院会感兴趣的消息（即在南普拉和贝拉省之间的荒野上进行的某些走私行动），我说服了那位白人商人将他年少的女儿嫁给我，而三年之后，差不多到周年纪念日时，军队的共产主义革命发生了，接着我和搞木制偶像生意的哥们儿达成协议，把妻子给了他，拿到一张机票，离开了巴基斯坦人那满是跳蚤的地窖，前往王国。

一开始，我不知道自己在这地方该干什么，在这可笑的叫作里斯本的地方，沙滩上没有狨猴，浴缸里也没有河马，亲爱的孩子们，这座首都缺乏烟草和棉花，比瘫痪了的大婶都要老迈、安静，她的门窗总是开开关关，像印花布一样眨着眼睛，面向水上飞机的停泊地，那里的飞行员都穿着加戈·库蒂尼奥[1]式的皮袄。躺在公园的长椅上，我无法入眠，因为很难适应缺少了季风时节野牡丹的生活，取而代之的是主教堂的穹顶、圣徒火刑时的柴垛以及患上痛风衣着宽大的肥胖妇女。接下来他开始每周日到教堂周围乞讨，身上穿着破烂的教士长袍和海上遇难者的衣物，这些都是他在王宫广场上从别的流浪汉手里抢来的，当时海浪将从巴西回来的远航船砸碎在殿墙上，那船早已被香蕉和犰狳肉引起的腹泻搞垮了。

又一个寻常日子的前夜，当他到坎波利德街区，趁着夜色在垃圾箱里找寻纸张和鸡骨头的时候，他又碰见了费尔南·门

1 加戈·库蒂尼奥（1869—1959），葡萄牙地理学家，1922年与萨卡杜拉·卡布拉尔一起驾驶水上飞机“卢济塔尼亚号”完成世界上首次横跨南大西洋的航行。

德斯·平托，后者正从一间佛得角人开的迪斯科舞厅那让人疯狂的地下室出来，他扛着一位混血女子的腋下，女人全身用人造狐狸毛包裹着，她的漆皮钱包就悬在他头顶。平托现在正靠着一大片住宅公寓过活，那里面住着主张开拓非洲的倒霉贵族，他还计划将产业扩大到因滕登特广场、雷耶斯海军上将大街和铸币局附近的贫民窟，那周边都是遍布妓女的酒馆以及暧昧的舞厅，光线从黑暗中射出，随着音乐的节奏，映照出如同筐里的鱼一样跃起的面孔片段。在卡尔瓦良桥拱旁公寓的一层，他告诉了我这一切，那里的单人沙发上搭着方形的钩针编织物，一位裹着方格罩衫的渔夫塑像坐在五斗橱上拖着渔网，与此同时混血女人一个人就用屁股上的皮屑占据了一整张沙发，她正在伸展吸盘一般的手指，好似水塘里的癞蛤蟆。这里到处都有东方旅行的纪念品，不只有渔夫的存在，还有日本的灯笼和钟乳石雕出的神祇，佛陀的一小块左肺装在医院用的试管里，上面还粘着标签，还有伊特鲁利亚王子的一缕头发，藏在铜质圆形珍宝盒里。费尔南·门德斯·平托向他展示了他经历的多彩旅行的记录，打印出来有厚厚一叠（“总有一天我会将这些垃圾统统交给出版社”），接着从一个装满软骨水母的柜子里，从一幅描绘哭泣男孩感人至深的油画下面，他拿出一瓶蜂蜜威士忌，喝到第八杯的时候，他邀请塞图巴尔的主保圣人来帮他打理旗下的一处产业，那是在军事学院后方的一栋破败的房子，“我认为你马上就能让它恢复原状，一个星期都用不了”。

于是方济各·沙勿略先生开始往那些名存实亡的墙壁里转移他和数不清的姘头所生的后代，最亲爱的教友们，他们的出生都是因为我的贪婪和无知，自从上帝很久以前将我定为天选之人，这些后代就一直和我温柔体谅的母亲一起，睡在将水引入里斯本的堂·若昂五世水渠下面，永远因为从石头上溅起的水珠而着凉，这些水珠背信弃义，滑过他们颈背冻僵的褶皱。失业的朋友、身无分文的醉鬼和垃圾清洁工帮他用破纸板和碎砖头补好了墙，还从废品仓库偷来床架、马桶和破洞了的床垫，并且于晚间在城里上演了一场走私游行，就在各个酒吧门卫不敢相信的目光注视下，这些门卫都被晃动着的床头柜吓到了。四天以后，他身穿一直拖到脚后跟的大衣，徒步闯过整座城市，来告知费尔南·门德斯·平托，多亏了向最神圣的处女和法蒂玛的小牧羊人们[1]做出的半打承诺，印度使徒旅馆已经具备条件，可以接待从热带前来光顾的罪人们了。他找到那位海盗的时候，后者戴着眼镜，穿着长袍，坐在拿撒勒的圣母小雕像和他数不胜数的其他无用玩意儿旁边，正在用多种颜色的自动铅笔修订记录自己成就的文字。那位实业家用一张吸墨纸不紧不慢地擦拭着过滤嘴。

“很好，亲爱的小修士，”他说话的时候还沉浸在情节突变里，内容是对中国人的大屠杀，“周六至少有六架飞机和两艘护卫舰要从几内亚来：在当今空话连篇的民主制下，那些人就像过街老鼠一样躲着黑鬼。”

在混血女人的陪同下，他亲自出马和溪区夜总会的老板商谈，在餐巾纸上一次次地加价，以让他们接受之后的一批特茹

1 指在1917年于葡萄牙法蒂玛自称目击圣母马利亚显灵的三位牧童：露西亚·桑托斯及她的表妹雅辛塔·马托和表弟弗拉西斯科·马托。

河女神，他给了我七打金属薄片连衣裙还有三个箱子，里面装有治性病的膏药、胭脂、香粉、眼线笔和发卡，点点头认可了房间，离开的时候他一边踢着石子一边走下山坡，宣布说：“后天我要看到二十五个妓女在下面工作。”

如果还需要证明的话，那上帝与我同在的最终事实就体现在，到了周一，我往海军上将雷耶斯大街和马丁·莫尼仕广场的舞厅总共派去了三十八人，三十八名穿戴着亮片和披肩的非洲女人，哦，主的女仆啊，更别提还有那些在城市的公园庭院里慢慢张开慵懒臀部的女性，从贝伦区到阿茹达区都有，她们边走路边耐心地吸着万宝路香烟。没过多久，多亏天父赐福，一大群不可胜数的皈依主的女信徒就遍布各处街区，从里斯本一直到有着七月玻璃纸一般空气的阿尔坎塔拉码头，用她们令人无法抗拒的香水味袭击着北约舰队的少尉，或是克里斯托弗·哥伦布手下的水手，他们因为脚气病或是长期单调的景色已经精神错乱。然而虽然事业蒸蒸日上，现在安坐在摇椅上的方济各·沙勿略先生仍然因为抛弃了发妻而心结未解，要知道在莫桑比克的时候，他将妻子卖给了一位浑身散发着牲畜棚舍臭气的百岁老人。

“你为什么不去把她找回来？”每月有一个星期五，他们会核对账目，划分利润，与此同时，渔夫一边在旁监视，一边将渔网放在家具上方，而就在最初的几次会面中，有一次费尔南·门德斯·平托就这么问，“说不定那老家伙已经死了呢。”

方济各·沙勿略先生从一家子吉卜赛人手中买了一件殖民军制服和一箱衣物，那家人当时正赶着一长列衣衫褴褛的车队穿过皇后宫，赶车的骡子因为饥饿摇摇晃晃，在车辕前一直咳啾。他将一位最年幼的混血女郎献给了堂·若昂·德·卡斯特罗手下的船长，那人正准备驾舰前往印度去征服第乌，人们往船上装成桶的火药和青铜炮，炮上有匠人精益求精手工雕刻而成的浅浮雕，威风凛凛，与此同时他却在总督区流连，和心不在焉的妓女大谈亚洲的种种，但比起乏味的投石机理论，那些女人更关心汽车的贷款利率；就这样我在一艘变形了的小船上获得了一个空位，船在非洲停靠过几次，为的是在沙滩上埋葬死于瘟疫的水手，以及将大包花生、一打活牛和一个班衣着五彩斑斓的殖民地部队装上船，那里的土著身披虎皮，身上带着淬毒的吹箭管。方济各·沙勿略先生趁着装卸工来往的喧嚣逃脱，接着朝贝拉前进，被一个黑人巨汉背在肩上，那人在多年前曾仅凭着二头肌就在数年间保证了墨西尼奥·阿尔布克尔克[1]的安全。在这场长达五个月零三天历尽艰险的旅途中，他们遇见了披头散发在沙滩上捉虱子的卫戍军；用极端的对比向霍屯督人[2]阐述雪之奥义的传教士；一位迷途的东方国王骑着骆驼，徒劳地在闪烁无数群星的天空中寻找伯利恒之星[3]；被冲上岸的箱子，里面满装着石脑油和外套；还有在礁石上被钉在十字架上的塞壬，蛤蜊成为她们的心脏。最后他们终于到达贝拉，那座城市面向陶器一般的雨季海洋，小巷里的棕榈树指引着硝石的气味和港口润滑剂般的蒸汽，成排的楼房里居住着的是静谧

1 墨西尼奥·阿尔布克尔克（1855—1902），葡萄牙殖民莫桑比克过程中的重要将领和行政长官。

2 南部非洲族群，因“霍屯督”一词带有种族主义色彩，今多用他们的自称科伊科伊人，主要分布在纳米比亚、博茨瓦纳和南非。

3 指在《圣经》中，耶稣诞生时天上有一颗特别的星指引着东方三国王（或译三智者、三博士）找到基督。

的过往时光，是寄生虫和玫瑰里的幼虫，这还没包括蒸汽机车，它撕裂了幕布般的原始树林，在我们身边像犀牛一样打着响鼻。方济各·沙勿略先生告别了那位黑人，后者立即消失在工人阶级街区，进了灯光如萤火虫般昏暗的小酒馆，同时和六个女人上床去了。沙勿略先生前去的目的地是没有铁皮屋和马戏团大篷车慰藉的荒野，远离波涛，崭新的楼房已经开始要吞没那里，他的目的是寻找我哥们儿那两尺地的后院，以及被蜗牛的臼齿撕裂的葡萄叶。哦，上帝的子民哟，他的鞋掌还记得如何在凹凸不平的石子路上跛着行走。小溪里，手脚纤细的孩子们沉浸在秘密的游戏当中。毛毛细雨无声地滴在龙爪茅搭成的屋顶上。

塞图巴尔的主保圣人在荒野里转了好几圈，迷失在新近的建筑、未曾料到的阶梯、素不相识的面孔和垃圾堆中，还有最后一顶帐篷后面草草建成的墓地，草地上排列着八个木十字架。经过多次问询，他接近了妻子身上柠檬香脂草和小母马的味道，那是一处野猫的聚集地，在帆布搭起的陋室里，白人女子赤着脚，眨着因为烟熏肿起来的眼睛，正在搅动着一锅令人作呕的汤。罐头里插着海棠花，上面还贴着原先可可粉的标签，花儿正在椭圆形的窗户前枯萎。托盘里盛放着我哥们儿那些不值钱的小工艺品，在角落里堆满了虫蛹。我推开门，铰链间的结合让位跳开，那女人毫不惊慌地望了我一眼，她的心思还放在沸腾的汤汁上。

“是你吗？”说话间她用脚后跟踢走了一只好奇的鸡。

这么多月里，她衰老了许多，看上去就像相册里的奶奶们一样，那模糊的皱纹和隐晦的瞳孔仿佛来自月球背面的神秘国度，那里最显而易见的事物要倒过来理解，而且还使用一种没有元音的古怪语言。与我哥们儿的接触（那人已经被用乌贼墨颜料复制在一个架子上，相框的对角线被志哀的黑边隔开）让她的皮肤发黄，肌肤暗淡，凉鞋带子处的脚趾凸起外翻，现在站在方济各·沙勿略先生面前的这个人看不出年龄，正在用她海绵一样的牙床咀嚼着糊糊，同时还因为母鸡把蛋下在充当垫子的稻草上而怒火中烧。她失去了往昔绝美的腰臀曲线，现在她的腿上布满了花白的毛发丛。与往常一样的雨落在野猫出没的小巷，偶尔会有个中国马戏团的权贵酒喝高了，踉跄地挪着步子，他的腿上戴着漆皮的护腿套。床依然散发着死者疟疾的恶臭，方济各·沙勿略先生从床下取出一位水手常用的行李箱，随意地在茅屋里搜罗女人破旧的衣物，女人空洞呆滞的目光一直透过光线跟随着他。他找出些许袜子、短靴、两件衬衣、一把少了些齿的发梳、一包里面装着戒指和玳瑁手链的搪瓷烟盒、一条绳子上拴着的圣庇道像，圣像的鼻子已经氧化了。他把这些东西全都塞进有衬里的箱子，拴上厚重的金属插销。接着他把罩衫和裤子递给妻子，命令说“快穿好”，提起一把顶端像狗脖子一样还有象牙眉毛的伞，撑开坏掉的伞骨，等他半小时之后回来，身上滴着的水带着冬日苜蓿的香气，这时候他就已经将房子和粗制滥造的那些雕刻骗卖出来，卖给还留着些许晚上买酒钱的杂技演员。妻子坐在皮箱上等着他，疲惫的脸颊上显出无动于衷的平静。

“我们去哪儿？”她问话的声音仿佛生着病，音节拖得很长，就像蝉蛹般慵懒。

把伞柄举过头顶，塞图巴尔的主保圣人用蔑视的眼神扫过她歪斜的嘴角、毫无热情的胸口、松弛的肚子和羔羊似的屁股，然后猛地坐在皮凳子上：

“去里斯本当妓女，”他说着，外套上的脏水在不停向下流淌，“可能我妈能让你有点用吧。”

瓦斯科·达·伽马口袋里装着扑克牌，坐大巴来到希拉自由镇[1]，想要在皮革贸易中找到一份工作，但他发现那里的树木、房屋和街道并不像他在非洲的晚上带着细致精确的思乡之情所怀念的一样，在那里只能看见尖尖的屋顶和佛塔般的露天音乐台，这片土地已被无边无际、停滞不动的特茹河水所吞没，水淹没了庄稼、母牛和墙壁，十一月的雨水在用力敲打。一户户人家紧紧抱着杨树树冠，怀着渺茫的希望等待着消防快艇，眼睁睁看着被冲走的一切：随着淤泥快速旋转的五斗橱、骡子和狗被泡涨的残骸、永远失去五线谱记忆的低音提琴、僵直的手指还摆着缝纫姿势的女子，还有写着“洛莱[2]纪念”的杯子。大巴安全停下之前成功避开了落瀑、支流和落石，在某个山岗，一位漫无目的的东北人烧着了灌木根，散发出硫黄的

1 葡萄牙首都里斯本东北方向的一座城镇。
2 葡萄牙最南部阿尔加夫地区的城镇。

气味，乘客们下了车，用脚感受山的坡度，退役军人拨弄着口袋里的纸牌，很快就仅凭指间的灵感，从无用的三点中分辨出作为王牌的J，他选了块石头坐下，等候着河流缓慢地像吞口水一样倒流撤出城镇，这样乐队才能在音乐台上重新开始被打断了的华尔兹，人们才能重新上街行走，西药房和草药店才能撤下挡住橱窗的木板，而静止的历法才能从某个随机的周日开始重新运转，那个日子是市长的食指在一片数字镶嵌画中随意指定的。在鞋店工作的外甥，眼睛像正在康复的小马，礼数周全但心情通常有些黯然，那人会从阳台冒出来向他问好，他则会辨识出小学、音乐学院、斗牛场、有集市的广场，还有未完工的海事博物馆，那里的水池中有头发花白的海神，博物馆的设计草案已经在摆放待办事项的抽屉里埋没了数百年，部门首脑在工程师的报告中间偷藏了午餐肉肠；他会在市中心的咖啡馆里待上一整夜，和公证人的下属进行激烈的牌局，那人的一对A总能比我的先打出来，而且还会无情地猜中我的一对Q，这一切都有无声的收音机以及震惊的旁观者作证。

“该死的，”他一边带着恨意注视着特茹河的退潮，一边安慰自己，“不管怎样我还是被封了伯爵。”

他回忆起自己被招进王宫，交付给他一支舰队，派他去印度，同时为了帮助他还给了他一叠地图和一堆报告，绘有凭空捏造的大陆，徒步旅行者提供的报告满纸谎言，还分给他一位方济各会修士，这位修士身穿苦行衣，手上拿着念珠，被赋予的唯一任务就是为垂死之人赐福。他忆起在雷斯特洛的早晨，正是帆船要起航的时间，王室成员在阶梯座位上目视他远航，座位是临时搭建的，有流苏装饰的篷幔遮挡，他忆起自己曾在宫廷花园里盲目挑逗过的宫女，因为他把她们身上的浮石味和王后那西番莲香精的味道搞混了。他忆起身着镶金法衣的主教，忆起戴上眼镜就像沉默寡言的黑手党的教廷使节，忆起穿着敞领衣裳、来自遥远国度的大使夫人，整个市场都停止了交易，注视着起锚的过程。他忆起在小酒馆里吟唱《宪章之歌》[1]的乌鸦，忆起了人民，哎，人民啊，他们挥舞着红绿相间的小旗子，还忆起在他们已经开始抢风驶向港口入口处的海流时，一位老妇人朝我扔来先知有棱有角的祝福；但是现在他得在山冈的石头上等待三十一天，自己和自己打牌，通过计算好的失误和故意拖延的操作，永远不胜不败，直到特茹河回归它自己的河床，自由镇从淤泥、漂流而下的尸体和倒塌的桑树中间完好无缺地出现，正如他在非洲的五十年期间脑子里记住的模样，而他已经忘却了首都的街头画家，那人曾在他和其他船长离开之时描绘过这里，那时他们都穿着制服，就像一支手球队正要开始一轮决定性的比赛。

镇子之前只能透过赭色的水面隐约看见些片段，但随着洪水退去，城镇毫无过渡就恢复了原先的日常，在坡半腰上，瓦斯科·达·伽马开始听见作坊里的锤声、马达声，课间操场上的喧嚣，国家行政机构里的打字机声，与此同时一位年老的爱乐者登上露天音乐台的阶梯，在铁椅子上坐下，从包里取出一支极其古老的单簧管，在音乐演奏台中央，他独奏起一首如裙摆一般轻柔舒缓的华尔兹，时不时还会抬起下巴，看向不存在的指挥家。膨胀的猪恢复到正常尺寸，来到河边吃草，捕捞鳗

1 1834至1911年为葡萄牙国歌，为葡萄牙国王佩德罗四世所作。

鱼的渔民的小桨划船也在河边靠岸，下午时分，特茹河女神也来河边整理起她们秸秆头发的顶髻。

被持续的华尔兹舞曲的笛音所呼唤，伯爵就像梦中的死者一样进入了小镇，辨认起门上的把手和石料的细节，惊叹于在他去东方航海因而缺席的岁月里这里出现的街区，朴素的小区闻着有谷物汤和互助会的味道，鹧鸪出没的公园里有坏掉的跷跷板，缺少屋脊的住宅里聚集着打嗝的醉汉。电线划过天空，注定要成为鸟儿的八分音符。还有件新鲜事是来自几内亚和安哥拉的黑人，他们穿起电报投递员的制服，踩着邮局的自行车。

他离开时放弃的制鞋店当时只是一层从蝙蝠领地偷来的阁楼，现在却占据了一整条街区，玻璃橱窗的头顶是一块霓虹标牌，里面有几十位售货员，他们像封臣一样跪在顾客的短筒袜前，顾客则好像在黄色绒布王座上浸泡。一位体面的女士正在收银台前丁零当啷计算价钱，然后收银台的抽屉会像个顽童突然弹出来。他的外甥身着科维良毛料的外套，领带上镶着一颗眼泪状的珍珠，一副要参加殡仪馆舞会的派头，他的手叉在背后，正指挥着诸多短靴的盘旋，他不情愿地驱赶着这位被雕刻在岩石上的拿着剑的曾祖，给他指了店铺后部的一间房，天花板上开了一个小孔，细微的光线如同泼出的水一样穿过地板上的缝隙，提供这一住所的条件是他不会到自由镇的街上让家族蒙羞，去展示自己如同古代海神般的络腮胡。瓦斯科·达·伽马并没有感觉受冒犯（“就连国王的俳优都不觉得我会回来”），他用膝盖试了试铁丝网床垫，在床头柜上堆放好饼干，那是横跨大洋危机重重的海上长夜中所必需的，过了四十八小时，有人就看见他在简餐馆打牌，从淳朴的乡下人手中骗钱。他以这种方式赢了一张犁、十八匹马、一群牛、不成对的骑具、一本装订好的柏柏尔语语法、位于卡内萨斯堂区的一层含家具的房子、斗牛场的几处好座位，竟然还有一辆消防车，那可是民众认捐的，却因为他在最后一轮神奇地打出五点从而以半分优势击败了局长。当外甥看见这些动物穿过商店的旋转门，脖子上的铃铛乱哄哄直响，吓坏了店员和只穿着袜子的顾客，让他们争先恐后地爬上最高的搁板；当他听见停在人行道上的消防车那吓人的警报声，车子旋转的顶灯显然处于无尽的忧伤之中，这时他向航海家提出，自己可以买下对方所有的战利品，但条件是其必须马上着手进行第二次去印度的航行，目的是让八旬老人死在爱之岛，被难以满足的宁芙榨干[1]。

然而伯爵已经对暴风雨和糙皮病生厌了，他厌倦了用酸浴治疗果阿带来的性病，那会让他阴毛脱落并且连着几周无法走路，如今他爱上了自己少年时代的故乡小镇，特茹河涨落有序，如魔术师的快手一般使其时隐时现，他也爱上了在消防车可怕的响声中追逐着鞋跟、棍尖和卫生纸包装的母牛。他养成了下午时分骑马经过这片土地上各个广场的习惯，一路上展示着自己的牌，并且向外乡人提出牌戏对决的挑战，就这样他又拥有了一座丁烷气工厂、卡塔舒镇的电厂、大区内所有的水泥混合厂、殡仪馆、七座牧场、慈善医院以及托马尔至圣塔伦之间绝大部分的商业设施。他构思出一份可怕的方案，要通过他的牌运

1 在卡蒙斯的史诗《卢济塔尼亚人之歌》中，达·伽马的船队从印度回程途中于爱之岛驻留，水手们享受到了宁芙们带来的感官放纵，作为对他们成功远航印度的奖赏。

一个镇一个市地占有葡萄牙，他疯狂的势力范围一直延伸到波塔莱格雷[1]，控制了那里的法院以及市政厅四分之三的议员，直到堂曼努埃尔国王[2]迫于宫廷大臣的忧虑，将其召至里斯本，通知说他已经被提名指挥一场有苏丹国生物学家参加的远征，他们将会乘潜水艇前往北极，目的是研究企鹅繁殖的基因规律。

瓦斯科·达·伽马上次和国王交谈已经是四十二年前的事了。在接待室经过了数不清的月份，他一直在阅读医疗门诊杂志，那里混杂着各类人等，其中有身着背心的经理，穿着星星图案披风的占星师，来自多数党、少数党和不存在政党的代表，一名意大利女记者以及脸上满是清晨面粉的面包工人工会代表团，之后他终于见到了国王，这位君主已经衰老了，正用权杖驱赶着苍蝇，头上铁皮制的王冠嵌着玻璃质地的红宝石，口中散发出糖尿病人苹果泥味的臭气，国王盘腿坐在椅子上，上方哥特式的窗户开着，他带着流感患者的忧郁，漠不关心地凝视着窗外的大帆船，那都是他的舰队。圣哲罗姆修道院数十年前就已修成，但却立刻转化为古代遗迹，用来周日举办婚礼，可怜兮兮地纪念已经逝去的荣光，浅口薄底鞋的响声回荡在凹状的石板上，如同爆炸一般轰鸣。在隔间的尽头，一群米尼奥区的贵族正严肃地讨论着埃斯库多[3]的持续贬值。壮丽的阳光照亮了圣卡特琳娜的屋顶，如同马厩般无序，向着一座有高速公路穿过的透明山谷滚动。鸭子排成三角形向南迁徙，躲

---

1 葡萄牙中东部的大区名。

2 堂曼努埃尔（1469—1521），1495 至 1521 年任葡萄牙国王，在位期间葡萄牙海外帝国达到鼎盛，被称为“幸运者”。

3 1911 年至使用欧元前葡萄牙官方货币。

避痛苦的十月。成群的鸽子来来往往，发出绸缎摩擦的声响。三岁的王子在地毯上拖着树叶车向前走。舰队司令亲吻了国王的手，两人保持沉默，一起注视着九月下午晨露的质地结构。

“别管那胡编的企鹅故事了，”君王说话时还在驱赶着绿头苍蝇，那可笑的王冠下，老人的汗水在不停流淌，“事实是，我想你了。”

退伍军人想到，自从他上了去安哥拉的船，带着汹涌的孤单感居住在黑人中间，里斯本的一切差不多都改变了。一场禽类流行病基本上灭绝了特茹河女神，只有少数头发斑白的塞壬幸存，她们只好以切拉斯[1]的下水管道和钢铁冶炼厂区的残渣为食，这些东西经过复杂的运河网络进入河水中。人们遗弃了城堡，移民去了卢森堡或是德意志，为的是在汽车厂或是塑料模型厂找到工作。公爵们在委内瑞拉开设银行分行。萨格里什学校的职员吸着含海洛因的卷烟，流连在阿尔布费拉[2]的酒吧。如果卡斯蒂利亚人入侵王国，他们只会发现埃什托里尔[3]的高尔夫球场里冷淡的英国人，陆军参谋总部大门前昏昏欲睡的哨兵，还有荒废村庄里身着黑衣的女人，她们展开裙子坐在木制小凳上，凝视自己彻底中空的内心。

生物学家们最终在没有伯爵参与的情况下启程，但那艘三桅船却在苏格兰附近从雷达上消失，撞上一块反常的海岬，而在同一天，瓦斯科·达·伽马和国王骗过了美国人按月出租的、

1 里斯本城东的一个街区。
2 葡萄牙南部的著名旅游城市。
3 里斯本以西大西洋沿岸的著名旅游城市。

因为携带多支手枪而身形臃肿的保镖，二人朝着马尔韦拉[1]的方向走去，一路上谈论着地理大发现和女神。他们老了许多，以至于城里人没有认出他们，只是惊讶地跟在这两个老人后面，因为他们穿着早已结束的狂欢节上才会穿的奇装异服，腰间挂着匕首，脚着尖头鹿绒鞋，身穿条纹背心，长长的辫子闻着有食材窑里牛至的味道，上面装满了几个世纪前的寄生虫。圣母和真福品堂区的孩子们围住了他们，好奇兴奋到了极点。卖蔬菜的小贩也惊呆了，叫卖声喊到一半就凝住了。他们所经之处红绿灯都失效了，交通混乱起来，出租车、敞篷马车和载货卡车充满恨意地互相谩骂。他们在加油站旁的小吃店停下，在树下吃了一个三明治，喝了瓶啤酒，透过屋顶，他们远远望见下锚的帆船和挂着旗帜的邮船，永恒的海鸥悬停其上，正是这些海鸥见证了堂阿丰索·恩里克斯[2]对里斯本的征服。国王和航海家并不理会跟在后面的闲人的嘲讽，这些人因为权杖和铁皮王冠大笑不止，但前面两人一直沿着特茹河往金发海角区[3]的方向，从海浪中解救出来的水上飞机仍然停留在石灰岩质的海角里，瞭望台的镜框后面有被鸟儿咬碎的衣物布料和成为干尸的乘客。十几名衣衫褴褛的人站在岸边，对准大螃蟹展开捕虾网。特茹河女神得了疝气，游得很艰难，她们正在石油化工厂散发屁味的机器附近，挑选可以栖身的贝壳。最终她们在比切拉斯还远的地方选择了一座浮桥，那里没有身穿让人

1 里斯本城东一个主要以农业为主的区域。
2 堂阿丰索·恩里克斯（1109—1185），葡萄牙第一任国王（1139—1185）。
3 曾是里斯本一个重要的水上飞机机场所在地，在第二次世界大战期间很多欧洲难民经由此地逃离。

好奇服装的无名老人经过，垂死的古老驳船布满了苔藓、白鹡鸰的粪便以及被遗忘的阁楼光。往南边一直能看到巴雷罗和阿尔科谢特、基督王的纪念碑、桥的铁拱，以及因为洗衣液而变得不透光且浑浊的水。在他们身后，在里斯本光怪陆离的色彩中，桨帆船指挥官们在码头仓库里，随意地堆积印度奴隶、犀牛、被荷兰人砍断手臂的贵族以及装海神鳞片的大桶，此外还有穷人的窝棚，每年雨季都会坍塌毁损。瓦斯科·达·伽马和国王选定了河边的一处斜坡，堂曼努埃尔摘下铁皮王冠和貂皮披风，水手也取下佩剑，在衰老和疲倦中，在如此多的别离、欺骗、愠怒和朝臣的阴谋之后，此时他们最终感觉到了平等。追寻企鹅的三桅船早已驶过这片沙洲，船上载着身穿白大褂的生物学家、紫外线辐射孵化器和科学地图册，在离他们很远的圣若热城堡，宫廷侍从在洗礼餐厅窃窃私语，庶民们为了城防收集着大石头，还煮沸了一壶壶的葵花籽油，而我们独自在那里，在午后的静谧中，注视着特茹河女神和潮汐无力地搏斗，然后慢慢陷入那甜美的黑暗之中。陛下老公鸡般的眼睑和我的眼皮对视，都布满褶皱和黑眼圈，有一瞬间我突然有了个荒谬的想法，我们其实是同一个人，在镜子中看着自己，因为衣领上的装饰品、金耳环和金带扣感到惊讶；对面那人正对着水面蹲着，身边没有溜须拍马的谄媚者，比倒霉的水手更加脆弱。我准备向国王述说自己这些年在非洲的经历，葡国军队登船离去，游击队员从内地过来占领罗安达。我想对他讲海湾沙滩上的啤酒肚，一月时像白鸟一样的云，凌晨四点时混血女郎的味道，“您要是尝过这个滋味就再也忘不了了，同样忘不了的还有热带那奇迹般快速降临的曙光。”伴着特茹河女神一个接一个消失在混杂着沥青的波浪之中，我想要对他讲述自己回到里斯本的旅程，自己乘坐的那艘载着床单的货船，但床单都被呕吐物和让人衰弱的贫穷浸透了，这时陛下站起身来，捡起废弃脚手架上的一块木板，还有一处岗哨墙剩下的一些砖头。离我们两百米的地方，哨兵点起远航船上的灯笼。堂曼努埃尔把木板放在砖头上，接着拿屁股上的锦缎擦了擦手。

“把你的牌拿出来吧，”他说，“我一直想知道你的出千技术有没有退步。”

起初他并不喜欢圣芭芭拉广场，因为那里既看不见海，也听不见幼年海象在礁石间寻找藤壶时小狗般的哭声，但等到早上该睡觉的时候，阳光照亮了殖民地街区的阳台，曼努埃尔·德·索萨·德·塞普尔维达开始逐渐适应了海浪的缺席，也适应了伯爵们的汽车和马车取代了船舶，后者在特茹河里下锚，身处沉没的桨帆船造成的瘴气之中。

晚上十点，他会走进堂娜莱昂诺尔酒吧，店名是在致敬他的妻子，那位在食人国度的石制天使庇护下的女人[1]，然后他会从吧台领走一群放荡的女子，还有随着年龄增长越来越放荡不羁、嘴巴不干不净的七旬老翁，他们的关节炎一直延伸到大腿处，覆盖在丝袜下面，那里的肉像是被切过一样裂开。站在吧台的指挥舰桥处，被镜子、细颈杯和高脚杯保护着，曼

1 故事见前注。塞普尔维达的妻子全名为堂娜莱昂诺尔·德·萨。

努埃尔·德·索萨·德·塞普尔维达开始制作伪劣鸡尾酒，他会往里面添加三分之一瓶药用糖浆，要么就是一点从隔壁药店买来的治疗秃顶的洗发剂，同时还要注意把握醉客的脉搏，以免弄脏座椅上的绒布，还要根据顾客的火热程度调节音乐强度，等到凌晨三点，阿丰索·德·阿尔布克尔克或是堂弗朗西斯科·德·阿尔梅达[1]会出现，嘴里叼着香烟，让雄伟的胡子垂到桌面，这时他就会在留声机的转盘里放起古老的水手之歌，用以缓解这两位被撤职副王的酸楚。五点钟时，在这间横跨两层楼的酒吧的坐垫上，方济各·沙勿略先生的混血女郎被孩子的甲状腺肿折磨得疲倦不堪，像冬眠一样瘫倒着，瞭望员和银行职员被富美家的屏风遮挡，轻咬着女人的耳垂，伴随着战斗进行曲的尾音，远远地一直传到莫桑比克和日本。五点半，当第一缕晨光开始与路灯斗争，副王们在讨论特拉法加[2]的战略时打翻了杯子，总是身着披风的安东尼奥·维埃拉神父[3]，这位被里斯本所有夜总会都驱逐过的人，会走到宏伟的入口处，发表他的酒醉演说，直到跌倒在沙发上的两个黑人女子中间，嘴里还在以布道者的热情嘟哝着先知以利亚[4]的格言。六点钟，侍者们开始清理装杏仁、爆米花和炸薯条的小碟子，倒掉烟灰，扫走碎玻璃，睡眼惺忪的顾客被空荡荡的舞厅打开的窗户晃了眼，与此同时混血女郎们爬上斜坡回印度使徒旅馆，路上

1 堂弗朗西斯科·德·阿尔梅达（约1450—1510），葡属印度第一任副王。阿尔梅达和阿尔布克尔克的副王职位先后因葡萄牙宫廷政治斗争遭到罢免，两人均未活着从印度回国。

2 1805年纳尔逊率领的英国海军决定性击败法西联合舰队的战斗。

3 安东尼奥·维埃拉神父（1608—1697），著名的耶稣会士，主要以其布道中的雄辩、对犹太人和巴西境内土著居民的保护而闻名。

4 《圣经·列王纪》中的先知，多次展现神迹，最著名的是让上帝在迦密山降下大火。

会碰见发情的警察。在雷耶斯海军上将大街，全身酸痛的女打字员们在等候前往市中心的公交车。一声号角吵醒了军事学院的学员们，这些人撩起包皮，正和赤裸女神在梦中相会，梦里她们有着完美的肚脐，正在军用床单上翻滚。垃圾车吞噬着废物残渣，摇摆着驱动轴的臀部朝着市政厅的畜棚而去。一场无情的细雨让夜总会蓝白相间的篷布褪了色。站在门前，穿着花哨的大衣和裤子，周围是关着的商店的橱窗挡板，看着安东尼奥·维埃拉神父以教皇般的派头在给溪区赐福，看着副王们用危险的舞蹈突然偏航离开，曼努埃尔·德·索萨·德·塞普尔维达总会感到隐隐的苦闷，唯一能和这种情感相比较的，是他在几个月前体会到的，在卡帕利卡海岸，他倚靠着妮维雅护肤霜球状标志那氧化了的杆子，清晨的海浪在沙滩上疾走，吉卜赛人带着服丧般的剪影朝他围过来。他感觉到如此孤独，以至于付给出租车司机双倍价钱，只为全速载他回到小斗牛场附近他住的底层，撕扯着脱下衣服，然后连着几个小时就这么躺着，眼睛盯着天花板，惊恐万分地聆听着邻居家的声响。

他用来搭建酒吧和租房子的支票来自比利时，是原来无心放在另一个口袋里的，银行的出纳员疑心重重地等了一个星期，才把钱交给这么一个赤脚且衣衫褴褛的家伙，他只是用衬衫的饰带遮住了胸口的雀斑。但等到下个月，他清理一新，刮了胡子，穿上一件华丽的英伦西装，打上丝绸领带，他付钱给原店主的孙子完成了迪斯科舞厅的交付，原来的店主恰好得了血栓，被赶到一间伤残者的收容所里。他用教堂的圆花窗取代了破旧的小窗帘，新增了跟随探戈旋转的花环，在已经对港口斗殴和大型罢工习以为常的亲信装卸工人中间，他雇用了门卫和侍者，他和费尔南·门德斯·平托还有方济各·沙勿略先生一起，就招募和维护一支合理数量的混血女郎队伍的细节达成了共识，又往小斗牛场的房子里增添了新的非洲化石，还有从里斯本古董商手中淘来的新的食人族短矛。鉴于他再也没有成功恢复过数量庞大的河中贝壳的收藏，塞壬就是在那些贝壳上低声吟唱朦胧的思念，他现在用有鬓角的骑士和有着吓人眉毛的贵妇的照片取代了前者，这些照片是他在乡下集市买的，因为他想要给自己创造一个已经丧失的过去，满怀热情的他慢慢构建出最烦冗的细节，不再有桑树花园和身为服装商人的父亲，在虚构的童年里，他在王后温泉里泡澡，身边跟着叫艾莉莎的奶奶，总会给他提供棒棒糖作军需，而且肾脏不好。他只是保留了曼努埃尔·德·索萨·德·塞普尔维达这个名字（虽然在宗教狂热期会计划改名费尔南多·德·布里昂[1]），还保留了牛头标本，这个用稻草撑鼓的牛头来自他童年时代真正的家，那是他哥哥如释重负让给他的。他得往上面喷硫酸铜溶液，因为瓢虫已经在鼻孔里安了家，飞蛾也吃掉了下巴上紧致的皮肤，他还得把它放在阳台上，放到湿衣服和洗碗机之间晾晒，从而最终去除虫子的恶臭。他一边坐在客厅的沙发椅上咂着桑葚酒，一边诧异地想到，自己可是呼吸这种气味过了许多年，那味道就像在闻黏糊糊的棺材里腐烂的修女。他忆起自己的母亲拖着壁虎般的脚踝，喘着粗气在地毯上挪动，父亲把蜻蜓从口中赶

1 费尔南多·德·布里昂（1195—1231），为天主教圣人、方济各会修士里斯本的圣安东尼奥的原名。

出去，还有睡梦中一直害怕虚构的雌蜥蜴怪物的哥哥，于是他明白了，当斗牛扎枪手的叔叔在抵押品拍卖会上买来的那小山般的牛头，其实是他们乃至整个房子的主人，一直在用挑衅、愚蠢的玻璃眼珠监视着他们最平常的动作。于是从这时起，在他和墙上的牛之间，开始了一场会一直延续到贵族死亡的战斗，他俩在一个个假装漠不关心的柜子中间较量着，在万籁俱寂中仇深似海地观察着，在午餐的印花桌布之上恶狠狠地憎恶着对方。如果他醒来小便，用双手扶住膀胱皮，那畜生会迫使他通过尿道排出像盐酸水滴一样火辣辣的污物，以可恶的暴力通过他的肉体，在肠道里留下数个小时的痛感，直到他再也忍受不了这种痛苦，未作任何解释就把牛头送给了安东尼奥·维埃拉神父，但是八个月之后，他发现自己又被迫要把它拿回来，这是由于遗嘱的强制效力，同时得到的还有一个土产基督像和一幅《格尔尼卡》[1]的复制品，他感激地双膝跪在博学的教士床前，教士的死因是在雨林里感染上的间日热，雨林里的花瓣就像鬣狗的犬齿，橡胶树则用它的叶子消灭了最后一丝的思念。

牛头曾阻止父亲致富，让他每天晚上都只是听天由命地看报纸，但鉴于在一段时间内他摆脱了这不祥之物，他的财富以瘟疫般不可思议的速度增长起来。半年时间内，他就成为了阿雷雷洛、皇后宫、溪区和雷耶斯海军上将大街酒吧的主人；他从周边的出租屋中牟利，那些女房东们会用指关节敲门，让顾

1 1937年由西班牙画家巴勃罗·毕加索绘制的描绘纳粹德国对西班牙共和国控制下的格尔尼卡地毯式轰炸的著名画作。

客们加速发泄他们的热情；他控制了黎明时分的小吃店，这些店帮助减缓了清晨时分的信仰危机；他把生意扩展到马丁·莫尼仕广场，成为几位企业家的合伙人，这些人在圣诞节期间伴着小铃铛的声音欺骗人买假黄金首饰；就连圣阿波隆尼亚和苏德勒车站的宁芙，那些随着清晨到来就消失在石膏般河水中的女神，都要用马拉维迪[1]向他上交百分之二十的利润，更别说那些拖着凋谢的敞胸装，来到高速公路整公里界标处，向卡车司机提供死亡愉悦的宁芙了。他借钱给堂·若昂·德·卡斯特罗进行果阿城建，向卡蒙斯提供机会印刷一版《卢济塔尼亚人之歌》的口袋书，书的封面印着赤裸的舞女，从属于一套侦探小说丛书；他帮助抒情诗人托马斯·安东尼奥·贡扎加[2]改良后者的奴隶贸易，还参与到玫瑰战争[3]之中，两边下注，想要用在灵格风[4]学来的英语迎娶一位金发女公爵。每天早上九点，检查完账簿拿完钱，他睡下的时候，总觉得自己把不知道什么东西忘在了某个熟悉的地方，就好像他推开门出去之后把钥匙串留在了里面。

尽管已经成为百万富翁，还成为了我们国王的亲信，在金银匠吉尔·维森特的寓意剧和独幕喜剧上演时，他就坐在陛下身边（吉尔·维森特有时会出现在他的酒吧，口袋里装满了笔记和诗句，在当天晚上塞图巴尔的主保圣人派来的女人当

---

1 曾在葡萄牙和西班牙使用的古钱币和货币单位。

2 托马斯·安东尼奥·贡扎加（1744—约1810），巴西最著名的新古典主义诗人。他的岳父是一位奴隶贩子。

3 1455至1485年间英格兰的兰开斯特和约克家族之间为王位展开的断断续续的内战，因两个家族家徽分别为红白玫瑰而得名。

4 1901年在伦敦成立的预付式语言培训机构。

中，他每次都选中穿着最不得体且长得最丑的那一个），曼努埃尔·德·索萨·德·塞普尔维达，作为一家保险公司审计委员会的主席，还在不停地把钱存到瑞士，他可以用极其熟稔的语气称呼阿丰索·德·阿尔布克尔克，会对他说："快过来你这个二把手，今天我还没看见你的胡子呢。"（后者就会站起身走过来，略带一丝顺从地缩在他的背心里）尽管在阿尔加夫度假时和一个英国人建立了友谊，那人是一位前修女[1]的丈夫，戴着可笑的小帽，名字叫作马丁·路德，但他还是未能成功买到圣芭芭拉广场的最后一间迪斯科舞厅，那是一间地下室，通气孔的位置在过往行人的脚踝处，比教堂的地下洞穴还要潮湿，还要让人不适，哪怕后者里面有吸血鬼在神父的薰衣草襟带上面下蛋，两三位女神在黑暗处吸烟，烟头的火光召唤来在冥河里无目的航行的客人，兴高采烈地弹奏一架走调的手风琴。

这间舞厅的店主是小个子，秃头上戴着列宁式的便帽，会在别人叫他努诺·阿尔瓦雷斯·佩雷拉[2]时回应，他年轻时担任过王国的陆军统帅，之后又加入多明我会[3]，再后来他厌倦了在冰冷的殿内牙齿颤抖着唱弥撒和感恩赞，把使他双脚残废的拖鞋和让他得荨麻疹却挡不住寒风的长袍还给了修会，拿回了渎神的华达呢，从女婿布拉干萨公爵那里要了一笔贷款，在雷耶

---

1 指卡塔琳娜·冯·博拉（1499—1552），1524年在马丁·路德的帮助下逃出修道院，并于次年与路德结婚。

2 努诺·阿尔瓦雷斯·佩雷拉（1360—1431），在1383至1385年的葡萄牙王位继承危机中发挥重要作用，于阿尔儒巴罗塔战役中领导葡军击败卡斯蒂利亚军队，确保了若昂一世的王位和葡萄牙的独立，2009年被封圣。其女比阿特丽斯后嫁给若昂一世之子、后来的布拉干萨公爵阿丰索。

3 历史上努诺·阿尔瓦雷斯·佩雷拉在妻子去世后于1423年加入的并非多明我会而是加尔默罗会，直至1431年去世。

斯海军上将大街和广场首个窄巷的路口买下了阿尔儒巴罗塔夜总会，坐在离门最远的桌子旁边观察着黑暗，陪伴着他的是一杯兑水的蕨糖浆，他不理会女儿的指责，只是聆听着交响乐队在倾斜的台子上演奏着堂迪尼什[1]的友情之歌。

曼努埃尔·德·索萨·德·塞普尔维达多次拜访他在萨布罗萨男爵路的公寓，固执地想要从修士手里拿到迪斯科舞厅和它弱小的通气孔，这样就可以垄断里斯本的华尔兹和探戈，但这个想法一直被拖延着无法实现。曾经的本堂神甫住在楼梯下面空隙处看门人的小房间，小厅里的柜子缺胳膊少腿，还有侯爵们签名的画像，在袖珍的卧室里，一只乌龟在遵循它历时千年的移动轨迹，水池上方的铁皮屋顶上，蜈蚣和变色龙在镜子碎片后面打滚，进行无声的战斗。陆军统帅坐在厨房凳子上，手里拿着干掉的蕨糖浆，以钢铁般的坚定意志听着对方的理由，带着军人的无情盯着他，仿佛他在思考的东西已经超越了眼前人的手势，是在荨麻地里飞奔的身穿长外套的骑士。他活得太久了，早已不会相信商人的把戏或是收买者的谄媚阴谋，他骨头上多余的淤泥让他对推理和奉承免疫，唯一能打动他的是那位葬在奥迪维拉斯的国王[2]的爱情哀歌，在国王下葬的修道院里，军人的女儿学着默记欧洲河流右岸的支流，还有那没有答案的神秘对数表。曼努埃尔·德·索萨·德·塞普尔维达现在可没时间像在马兰热时一样偷窥女中学生了，他不断听到陆军统帅给出否定的答案，时不时还会命令他闭嘴，为的是辨识从后

---

1 堂迪尼什（1261—1325），1279 至 1325 年任葡萄牙国王，在位时大兴文教，也是不少抒情诗歌的作者。

2 指堂迪尼什。他的葬地奥迪维拉斯的名称传说也和堂迪尼什有关。

院侧边传来的细不可闻的声响：

“听到了吗？”士兵一边在放衣物的抽屉里找着双手大剑一边问道，“那是卡斯蒂利亚军营地发出的战斗号角。”

为了更好地说服他，塞普尔维达每天晚上都待在阿尔儒巴罗塔夜总会，他的手里也拿着一杯温热的蕨糖浆，在两首筋疲力尽的波莱罗舞曲[1]中间罗列出各种论据，但没有响应也毫无作用。某个清晨，在西班牙长号声中，老修士第一千次这么对他回答的时候，曼努埃尔·德·索萨·德·塞普尔维达被对方无理由的坚持以及老年人的癫狂搞得神经虚弱，绝望地一拳捶在桌上：

“长号个鬼，”他狂怒地大声吼了出来，“你到底觉得自己是生活在哪个世纪啊？”

混血女郎们受了惊吓，在敞胸衣饰品的隐藏下瑟瑟发抖。透气孔满是尘土的光线淹没了六角手风琴，在白天的光亮下能看见坑坑洼洼的家具、发黄的灰浆、摇摇欲坠的天花板还有纸星星不幸的光泽。调酒师的外貌已经由于数个小时接触杜松子酒而发皱，脱下制服走上街的时候，就像失去游标的猫头鹰一般脚步迟疑。女人们像蜗牛一样下到更衣室的阳台找寻兔毛外套。灯一盏接一盏熄灭，都是被黎明时分凛冽的寒风吹灭的，而曼努埃尔·德·索萨·德·塞普尔维达发现自己被面前这位不屈不挠的战士打败了，对方在早晨成吨的重压下都一点没有屈服。

“我向您提供的可是像中国的贸易一般获利百倍的机会，”

---

1 一种慢节奏拉丁风格的歌舞，主要有西班牙和古巴两种分支。

他对陆军统帅这么说，后者把蕨糖浆放在富美家的桌子上，正在将廉价卷烟放进衣袋，“不过您对金钱一无所知。”

努诺·阿尔瓦雷斯·佩雷拉用链子锁上店铺，两人一起步行，沿着冷清的城市朝圣安纳广场[1]的方向走去，市政清洁工正用耙清扫微风吹散的垃圾和桑树叶。战士穿着教士长袍，罹患脊椎前凸，他像做弥撒的居家修女一样艰难地离开，到了有差不多是棕褐色的人形疾步小跑的雷东多伯爵街附近，他扯了扯曼努埃尔·德·索萨·德·塞普尔维达用埃米尔的骆驼制成的昂贵大衣的袖子：

“你现在听不到他们吗，那些西班牙人？”

在不规则的双肩之上，他的面容是如此严肃紧张，他的表情是如此坚定，以至于曼努埃尔·德·索萨·德·塞普尔维达在碎石堆中站定，竖起耳朵聆听法院的方向，聆听来自入侵者甲胄撞击的丁零声。

1 现名国家烈士广场。

从奢华的清真寺或丽思酒店的法国妓院，他们被转移到科拉雷斯[1]的一间招待所，那里正面的墙上有许多国家的国旗，先从非洲回来的人们留下撕碎的床单和肮脏的墙壁，还把靴子上的绿色淤泥蹭在了天花板上；接下来他们又被送往另一间双层招待所，就在百米之外，空荡荡的游泳池里堆放着牛奶盒和水果糖包装纸。把结婚照放在搁板上，再把缝纫机放在帷幔后面，丈夫觉得，他们现在居住的地方好像是大灾变之后的废墟，或是被人遗弃的墓地：破碎的吊灯从油画上掉下来，就像因为没有得到足够的哀悼因而不快的花束；衣橱被人用刀划坏了；灯罩上也伤痕累累，几乎只剩下了线棒，它见证与阿拉伯精灵之间冷酷无情的战斗；电梯原本可以直通天堂，正是在这

1 里斯本西北部城市辛特拉下属的堂区。

电梯里，圣乔治[1]打扮成贡萨洛·门德斯·达·马亚[2]的样子，在一片陶云之上消灭了他的泡沫塑料龙，如今却总是卡在两层楼之间出故障，发出扭伤一般的呻吟。

在第二间招待所，晚上可以闻到海边怀孕母狗的气味，从远处看，这房子在桉树之上，在昏暗海雾之下，雾气与天空混合不清，天上有大船，逝者在里面无重量地舞蹈；和大约二十个其他家庭一起，他们又被转移到埃利赛拉[3]的一幢空房，那里正对着海边的峭壁，湿气凝固成水色小鸟，被海浪像吐唾沫一样从一块岩石吹到另一块。屋子原来一定属于一位陆军上校，因为里面有大锅饭残渣的味道，而且当妻子把缝纫机藏到沙发底下的时候，她发现了一些步兵护腿，上面的带扣已经不见了，而且长了霉菌，地上还有些萝卜梗。一位梳着中分头、长着尖鼻子的绅士，就像是从世纪初的时尚杂志中跑出来的一样，那人随意地把他们分配进小隔间，这些房间搭在不规则的塔楼里，阳台朝着峭壁、朝着黑夜也朝着里桑德罗河口，那人接着让人给他们早上来了一杯咖啡，入夜时上了一碗汤，然后就永久消失在里斯本的街道，他登上一辆吉普车，司机是一位水手，但待在陆地上的时间比鼹鼠都长，对于如何逆风航行，要么是已经生疏了，要么就是从来没学过。

到了这个时节，也就是快到十月份的时候，在埃利赛拉还留有半打度假客，冷飕飕的沙滩上还有几顶帐篷，沙滩前方则

1 圣乔治（约280—303），基督教殉道圣人，常以屠龙者的形象出现在艺术领域。

2 贡萨洛·门德斯·达·马亚，生卒年有1079—1170或约1045—1139等说法，葡萄牙军事将领，在葡国民间传说中，他曾以九十一岁高龄热血奋战，并在战斗获胜后因伤去世，因此赢得了“战斗者”称号。

3 里斯本以西马夫拉城中靠海的一个堂区。

是像以前的尿壶一样的成排木屋，受着藤蔓和鞋子的入侵。大风带来了马夫拉的钟声，听上去就像消逝的祖先来自远方的注视。秋天和秋天的烟灰让他们感觉自己身处荒凉的小城，狭窄的石板路上极少有马夫，网捕沙丁鱼的小船从来不出海，教堂院子里的人全和他们一样老迈，圣徒雕刻斜垂着，就像在做阴沉的威胁。凉气氧化了没有活干的缝纫机上的针，尽管妻子仅仅出于习惯，会把所有衬衫和外套上的纽扣都取下再钉上。光是会下雨的前景就让屋顶的檐口松了开来。广场上的树木萎蔫着，随意往下掉四五条惊恐万分的分枝。早上的咖啡散发着烂泥的味道，淤泥随着水的叹息，沿着坐浴盆变形的下水道攀爬上来。结婚照如今已是完全无法识别的一团色块，完全丧失了任何的轮廓，例外是妻子想象中的微笑，她因为羞涩和惊讶而脸红。丈夫记得上次在比绍听到她的声音说，“在非洲待了五十三年之后，我已经不属于这里了”，也记得他们是如何完全丧失了说话的习惯，两人之间就只借助一套由含糊手势组成的字母图表交流，而现在，不管年龄多大，他决定邀请她重新开始生活，一切都从头再来，不管是在世界上的哪个角落。

“哪怕是北极呢，”他解释说，“也总比这玩意儿要好。”

不过早在几个世纪前，妻子就已经越过了希望海的昏暗边缘，在那个地方，再寻常的计划也会遭到无可救药的冷漠对待而凋零。老头儿的感觉是，妻子仿佛又住进了年少时在巴尔塞罗的小家，被枇杷树的气味弄得窒息。那时她大概七八岁，常穿浅色裙子，下午会跟一位老姑娘学习弹奏大提琴，那人总是在扇扇子来赶走处女的热情。他突然感到不寒而栗，因为他想到自己娶的是一名学过视唱练耳的女学生，而当她郑重地用一种古老的正字法，发出全是饱满浪漫辅音的回答时，他身上的鸡皮疙瘩就更多了：

“先生您去吧，我还得排练一曲托卡塔[1]。”

由于无法接受自己成为妻子的堂爷爷这么荒谬的事情，他试图用在比绍的记忆振作精神，女儿的死，三天两头就起的、长久的雾，楼下那位用短靴后跟赶蚊蚋的太太，电影剧院的开幕演出有来自科英布拉的剧团表演，为观众献上了《茶花女》，这些观众喜爱动不动就哭喊的爱情故事和丰富的激情戏。不过妻子对他的话左耳进右耳出，她松开了发髻，往灰白的辫子上拴起了薄翼纱，手指随着音乐的三拍节奏敲击，沉浸在由谱号构成的茧里，那里没有门的存在。她转过身来面向对着大海的窗户，随着最初的降雨，海浪卷起落叶向沙滩上挺进，她要么怀着一成不变的紧张心情，等待着已经离世二十个五年祭的老师，要么就在床下或者床单上寻找那件隐身的乐器，在支气管炎没有发作的间隙，这间屋子里仿佛回荡着乐器的回音。在整整一个月的争吵、哀求、解释和论述之后，他把像个老小孩儿一样满脸皱纹却又幼稚的她丢下，任凭她用指尖在斜镜上描出混乱的和弦，他自己则去往有着简陋商店和乡村过冬房屋的广场，登上前往里斯本的小卡车，坐在一个散发着羊奶酪膻味的男人旁边，三小时里，卡车经过了诸多无名村镇、起雾的森林、被大雨毁坏的捷径，还有一位和国王一起不幸阵亡的伯爵的葬礼，葬礼上只有一辆出租灵车，后面跟着一个乡村乐团，吹奏出来的笛声完全被雨声掩盖，直到我重新回到首都，这次

1　一种通常由键盘或拨弦乐器演奏的乐曲，速度较快。

不是像从几内亚归来时一样从海面上来，而是沿着内陆的作坊和工厂，一月份让人痛心的悲伤笼罩着这些地方，直到散发着羊奶酪味道的男人在梦中从贝雷帽下面说了句话，他的下巴顶在胸前："明天我要去学院做个X光片。"小饭馆不卖棕榈芯了，大街分割增殖成我从未到过的街区，这时丈夫明白自己真的到了里斯本，原因是数不胜数的修道院和地下街区，还因为炽天使像鸽子一样栖息在雕像膝部，正用来自天堂的嘴唇打理被浸湿的翅膀。

起初几个月他留在本菲卡，住在墓地墙壁遮蔽下的一片垃圾屋，占据那里的是肮脏的佛得角人，他们善使小刀，在工地里用锤子敲打，身上散发出掘墓人那甜美的腐烂气味，这味道和他的一些远亲相同，那些亲戚穿着齐膝披风，会在圣诞节时互相拜访以提前吊唁。到了晚上，油灯在小巷路面上方飘浮，孩子和狗混着发出绝望的哭声，而开垃圾车的黑人穿着闪着磷光的背带，聚集在勉强可以当作小馆子的地方，一名顶着茂密鬈发的跛脚女孩会给倒橘子烧酒，简易吧台是用在卡西亚斯失事的四角帆船上面的寝舱建成的，失事的地方就在关押犯人的要塞前方，那里的政治警察用不卫生的打嗝让空气稀薄。

老人获得了失业者的职位，会定期于黎明前和同行们一起排队，领取来之不易的支票，领取的窗口比俄罗斯还要遥远，职员身穿羊驼呢袖子，很没耐心，会像个腓尼基投机倒把者一样自言自语，骂骂咧咧，老人会把一半的薪金寄回埃利赛拉，用来支付那位隐形老师的课程，就是她让妻子陷入穿插着柔版乐曲的童年深渊，至于剩下的钱，老人则用在鬈发女郎的烈酒上，喝个十杯，那水果酒精就让他重新找回了母亲在院子里剥野草莓的记忆。他已经太老了，不能再和四十多岁的轻浮女子鬼混了，这些人会来到店内，穿着拖鞋和丧服，强迫性地和男人们摩擦，渗出腹股沟处的露水，男人都喝高了，根本无心享受她们梦幻般的服务，他感到很是痛心，不能和她们在破烂的褥子上巡游，透过天花板上的缝隙，在面对奇观的惊讶中观看夜幕慢慢消散。如今的他满足于透过黑人身上的草药味，从远处窥视她们，一边回忆着自己第一次走进一间出租屋，牙齿因为害怕而发颤，自己如何被一名女子的笑容引领，还有自己如何惊奇地感觉要死在一双乳房的唾沫上，发现自己的疼痛是因为得了羞人的病症时，他又是如何因为欲望得不到满足以及害怕去看医生而苦恼。当瘸腿女孩上够了橘子酒，把最后的几名黑人赶了出去，街上满是激动的猫头鹰和移动的阴影，此时他会郑重其事地和那些四旬女郎告别，亲吻她们手上从集市买来的戒指，就像他年轻时看到公爵们离开影院或是主教堂里的弥撒时对王后的侍女所做的一样，然后他会睁着双眼睡在床单上，用最隐秘的那根手指抚过充满了雨天清晨感觉的赤裸腹部。每周日他都计划要回到埃利赛拉上一堂大提琴课，但是他的关节因为年纪的炙烤阻止了他的移动，他只能在外套里僵着，对其无可救药的瘦弱身子来说，外套太过庞大，他只好留在街区，躺在床单上，吃着一包放在肚脐眼上的饼干，看着冬天，看着锦葵色的云彩朝大海移动，云朵化成邮船的样子，永不停歇地传递着抒情诗。他唯一的冒险行动是搬到了碎十字架堂区的一间小屋，下方是河水的泡沫，但没有海鸥的身影，它们都在各处火车站如饥似渴、肆无忌惮地宣泄着激情。现在，在他作为失业者艰巨的职业生涯间隙，之所以艰巨是因为他得不停地填一式五份的表格，每份都要有可以辨识的签名，他得将这些无用的文件从一个办公室交到下一个，从一个部门传到另一个，还得经受无休无止的来自心理医生的审问，这些人会建议他画几棵树，然后对于颜料斑点进行解码，用墙上挂着视力表的医生的那种无用的听诊器、心电图和血压计进行检测，他还得提交良好道德和礼仪表现的复印件，交到头皮屑严重的职员的垃圾篓，接着不间断地等待十四小时，才能最终拿到那张薄薄的薪水纸，正当他站在银行的玻璃墙面前，往手上哈气吹出冰花，站在窗台边的他，此时目光被海边渔民的平静所吸引，他们侧身拎着大篓子，被风吹来的湿气以及越过堤坝的海浪打得全身湿透，身上披着斗篷和油布锥形帽，还在用芦苇条捕捉无足轻重的小鱼。

大约是这时期，他从埃利赛拉接到了妻子的来信，告知他因为单身女老师的离开，课程已经结束了，老师被莫扎特本人邀请，去帮忙演奏他的《安魂曲》。女徒弟如今有着丰富的首调唱名法知识，她觉得自己有着巨大的才能，可以马上在纽约开始音乐家生涯：他们在机场候机室见了几分钟，老人发现自己的妻子穿着喇叭裙、针织袜，还顶着刘海，背着乐器盒，她下定决心，要凭借自己卓越的才能在美国闪耀。行李里她还放着从几内亚带回来的缝纫机，这样她就可以在音乐会间隙用几块舞台的帘幕做围巾和长袍了。两人面对面，没有说话，并不在意喧嚣的人流和摩洛哥人免税店里的骚动，丈夫被德国人和行李车挤来挤去，他注视着她，想要记起相恋的时光，如今只剩下对一位严肃女孩的记忆，她的腰总是躲开他的手，笔直坐在核桃木椅子上。然而他爱过的那个新娘，已经和相片中的订婚夫妇一样，因为在金属相框里待得太久，一去不复返了。就连女儿去世带来的长久痛苦，也好像变成了不存在的记忆，被后来的诸多事件和否认深埋起来，如此一来，在目睹她登机时，他毫无悲伤之情，因为他感觉这个女人从来不曾属于他：这是一位陌生的、还未到青春期的老女人，翻领上挂着樱桃色的人造树脂胸针，正背着大提琴前往合众国，与此同时她还在用胳膊上的纱线，在虚空中勾画着马勒《第五交响曲》的第三乐章，完全无视他和混乱的人群。他看着她穿过警察、边检还有在木棉般泛滥的玩具熊之中寻找巴勒斯坦恐怖分子机枪的人，最后，连一个告别的挥手都没有，把乐器紧紧地抱在胸前，她终于登上了一艘百老汇方向的捕鳕鱼船，那艘船一路上会增加风帆。

他回到碎十字架区，被光线、噪声还有操着荒唐口音的印度教徒搞得头晕目眩，那些印度教徒戴着头巾，坐在钉子靠垫上，吃着玻璃碎片，等待着从卡拉奇来的航班。他拿起刚结婚时的照片，上面如果费力地看还能辨识出一个带扣和面纱的一角，然后他从阳台上把相片扔到后面堆垃圾的地方。突然间失去了过去，他陷入对围墙边的渔民发呆般的沉思，他们的鱼钩有着难以想象的沉稳，因为想着迟早会有粗心的特茹河女神被二月的流水推过来咬钩，其中一位戴着油布便帽的人，把鱼篓倒空在一群鳗鱼上面的时候，里面就会出来一位四十多岁的女人，正是在卖橘子烈酒的小酒馆里那些迷途妇女中的一位，一根塞维利亚的发针穿进她染色的侧面发绺。

迪奥古·康第一次看见她们的时候，我们的国王陛下下令，在葡萄牙和阿姆斯特丹之间建立定期航线，以便往欧洲倾倒金银丝和从印度来的桂皮，随着所有完好无损的船只到达阿姆斯特丹，我们发现这座城市满是眼镜都磨光了的哲学家，他们骑着过时的自行车在街上转悠。我们看见阿根廷三桅船和土耳其巡洋舰一起在港口沉睡，小个子老妇人惊叹于我们的滑膛枪、我们的亚麻装束以及我们用手吃饭的事实。到了晚上，在城里散步时，航海发现家发觉自己身处一条铺有荧光五角和运河反射光的大街，那里卖杜松子酒的酒吧一家接着一家，还有打着灯光的橱窗，在里面展示着的女人躺在酋长的大椅子上，穿着红色袜带，朝他舞动着鲨鱼鳍。于是他停在一名又胖又高的女子身前，她双乳赤裸，口红上遗忘着一支雪茄，他就像突然想起什么的人一样拍了拍脑门，想道，好家伙！我现在才懂为什么我们的河流都干涸了，因为宁芙都成群移民到这里来了。

需要随军神父用通谕里关于上帝的判断难以捉摸的论据，才最终说服他不要带两三个女人上船，他原本要选最健壮、肤色最红润的女人，目的是增加卡西亚斯那里用睫毛膏画眼睛和穿透明内裤的人口，因为每天晚上，在吃过水和干肉组成的晚饭之后，他会回到有着诸多橱窗的那条大街，依然震惊不已，他用大拇指抚直老水手的胡子，在杜松子酒的疯狂气氛影响下，有小后轮的自行车四处乱窜，差点将他撞倒，到了回程前夜，他离一位看不出年龄的蜂后的王座靠得太近了，她拥有厚实的大腿，正仰躺在丝绸靠垫上，结果她在满是游客的人群中认出了这位手持匕首、头戴狂欢节面具的曾祖父，请他从侧门进："我刚上了两级台阶就遇见了你，我的灵魂之爱，你正在徒劳地试图拉上橱窗的帷幔，让我饱览了你浑圆屁股的平面图。我得帮她揭开一对搅在一起的挂钩。"就是这样，我们后来才从外面发现他坐在妓女房间内的凳子上，从这里的人行道看，他正在解决衣物衬里的难题，我们感到太害羞了，不得不退后几步躲到运河树的阴影里，没有人会猜到我们是这桩梦境的从属，想想看吧，透过窗帘没有拉好的缝隙，我们看到一个傻子，被可笑的冲动支配，趴着亲吻妓女的屁眼，握住她的脚踝，下巴蹭过丑陋的乳头，这娼妓比雷利亚[1]附近的驼背怪物还要不堪，要知道那些女人可是会自愿献身给饥不择食的卡车司机；比起头发稀疏发黄的七旬老妪也还要不如，要知道那些女人可是对男学生上瘾的；不管怎样，我们看见他喘息着脱掉

---

1 葡萄牙中部城市名。

衣服，在急切的欲望下扯爆了挂钩、接缝和纽扣，直到他最终带着胜利的抽搐，搁浅在一动不动的躯干上，透过玻璃窗，我们可以看见下面的那位一直没有停止吸烟，“对我兴奋的号叫无动于衷，哪怕靠垫都被我撕烂了，在黑暗中形成一片羽毛云，就好像世界上所有的鸽子都随我一起，在肾脏最后的震颤中呻吟”。

第二天早上，我们正在进行舰队的出海准备，迪奥古·康顶着青紫色的黑眼圈出现在码头，因为疲惫踉踉跄跄，手里牵着那位魁梧的女怪物，两人的穿着仿佛要参加一场洗礼或是葬礼，他们带着有巴黎酒店标签的行李箱，一个带喇叭的留声机，一叠唱片和一辆女式自行车，他向随军神父请求，就在那里给他们主婚，因为“我找到了幸福，神父，您根本想不到她腋下的气味有多特别，她的颈子下弦月时的薄荷脑味有多神奇，她无缘无故大笑时的巨响简直就像洪水来临，这些外国女人用一口吻就能喝掉我们的灵魂，如果我们在这里再停留一天，就连阁下，我担保，都会抵挡不住，会经历一个比世间所有欢乐都要卓绝的天堂”，不过神父对恶魔的精明十分警惕，面对请求、命令、在长缆索上吊死的威胁，他都保持了作为使徒的毅力，用先知的不妥协和圣徒的不让步与之针锋相对。我们扬起风帆的时候从上方窥视，他们在港口面对面地争论，与此同时那丑女人对他们感到厌倦，开始对匈牙利桅楼水手和大块头装卸工暗送秋波，那些工人身上刺着锚、罗盘和水鸟文身；经过了几个小时无比艰辛的磋商，他俩相互做了让步，共同取得了进展，正当指挥官和上帝的仆人达成模糊的一致，激动地互相拥抱，小胡子上沾满了眼泪，接着转过身面对大街橱窗里的那个女人，想要将她隆重护送上船的时候，他们只看到遗弃在那里的行李箱、唱片和留声机，来自遥远荷兰的特茹河女神正在码头对面的极远处蹬着脚踏，在堤坝平台上追着一位嘴上顶着山羊胡、头上戴着宽檐帽的伦勃朗。

重新回到里斯本之前，他差点就在加利西亚海岸死于非命，当时美国海盗牙咬着刀，一只眼戴着眼罩，白鹦鹉栖息在肩头，尝试了一次小区电影院里放的那种壮观的接舷战，埃罗尔·弗林[1]按照塞西尔·德·米尔[2]的扩音器指挥着他们的行动。迪奥古·康对国王的召见充耳不闻，只是徒劳地在最荒谬的街区寻找一个奇迹，寻找一个展示妓女的橱窗，能够将他运到阿姆斯特丹运河，运到丝绸靠垫或是苏丹王宫样式的椅子上那穿红色袜带的女人身边。他迷失在马德拉果阿腐臭的街区，向不会打开的大门调查慵懒地躺在绣有玻璃珠的枕头上的金发女神的下落，而他发现的只有街角的甲壳和水母，漂浮在邻近的土耳其人那回流的呕吐物之上。他在八月下午六点时依然大亮着的阿尔坎塔拉找她，此时透明的空气让建筑也变得半透明，几幢贴着蓝白瓷砖的楼房像鸽子一样飘在桥上，悬挂着的衣服像翅膀一样上下扑腾，他遇见一位行商对着没人在的地方，宣传着某种对付中邪绝对有效的糖浆，还有十来只猫，因为发情期得不到满足，无力地待在现在作粪池用的废弃喷泉边。他早上的时候在阿儒达那千条睡眼惺忪的窄巷里寻找她，这些巷子唯一通往的地方就是它们自己，一路上全是由短阶梯组成的难以

1 埃罗尔·弗林（1909—1959），出生在澳大利亚的好莱坞演员，最著名的角色是1938年的《侠盗罗宾汉》中饰演的同名主角。

2 塞西尔·德·米尔（1881—1959），美国著名导演，曾于1938年导演过《海盗》。

破解的迷宫，他偶然撞见一位盲人，那人有着先知般的眉毛，以每打多少埃斯库多的价格提供纸磨坊模型给孩子。最后，他判断自己会在城市边缘的地下据点找到她，那里住的都是仓库看守、给人现场拍照的摄影师以及被无可挽回的丑陋所打败的打字员，他沉浸于建筑材料瓦砾堆和遗弃的机器之中，轮盘上长满了芦笋和百合；我本来会继续寻找你的，即便暂停对每家小酒馆的搜寻，我也会继续用乞丐毫无感情的哀求声不停对着每个阳台呼唤，但是国王陛下对于我欠下的葡萄酒债感到愤怒，酒桶上有那么多粉笔写上的欠款记录，他说，“某个王国舰队司令让我感到丢脸”，这样一来他就剥夺了我的军饷，收回了我的头衔和差使，禁止我继续在里斯本的巷子里寻找你，让我不能再次用着急的指甲撕裂你身上的缎子，因为人们不愿意再承受，继续发现他醉酒躺在罗西奥的长椅上时心中的痛苦，或是又发现他对着在人行道上打滚的麻雀发表演说。警察局得到命令，以充足的理由将他送往圣若泽医院，“这边走，海军上将阁下，请您发发慈悲，别让我们像衣服起球一样难做，您的外国女友就在机场等着”，医生给他打了一针，护士刮光了他的头发，给他抓了虱子，他还得到了一套得体的衣服以及如下理由：“赶紧穿上这套西装吧，这可是阿姆斯特丹最新流行款。”在听取了国务委员会、咨询了拥有议会席位各个政党的意见后，我不情愿地将他派去了安哥拉，那里没有人认识他，他会得到水力公司里一个不起眼的督察岗位，只需要在他清醒的间隙检查一两个水表就行了，不会有人再去烦他，不会问他要账目，只需要把工资交给他，我也亲自给了他们劝告，就当忘记有这个人就行，他的航行少有人及，直到对特茹河女神的狂热以及对卡西亚斯塞壬的癖好扭曲了他的判断。他被送上满是殖民者的飞机，不过之前还得得到郑重的宣誓，保证罗安达绝对不缺水生的乳房，“去吧，把这些都完成了，然后给我发一份报告，用百分数和图表向渔业部和文化遗产处做个详细说明，因为很显然所有人都同意，要让她们这些小水生物重新回到我们的河流，就这样吧，给我办好这件事，剩下的都由我来，走的时候请把门照原样关好，不然的话就会有该死的风吹进来，再让大臣带费尔南·德·麦哲伦[1]进来，不知道这个讨厌鬼现在又想干什么”。

迪奥古·康居住在罗安达十二年七个月零九天，一直住在阿尔瓦拉德街区的一栋小房子里，热带紫藤和非洲蜥蜴不断侵蚀着那里，而他则不停地把空瓶子往院子里扔，那都是些假杜松子酒，是偷偷摸摸从西西里货轮的报务员手中买来的，那些人会把钞票放在寝舱的灯光下检验水印；但他花的时间最多的地方还是岛区的夜总会，周围都是些从战场休假的担架兵，总是取笑他手里假冒的海员地图，他被允许坐在他们满是消毒水味的桌子旁边，被灌着喝用棕榈树渣制成的劣酒，以便听他讲述在五湖四海的旅行，可笑的老人只是编造一些蹩脚的故事，讲到一半就睡着，开始淌口水，醒来的时候总是大声呼喊着：“西班牙大帆船发炮了，解开所有风帆绞索。”乐队里的乐手嘲笑他，穿着绿色外套、打着领结的侍者嘲笑他，跳脱衣舞的舞女在金主的耳边嘲笑他，而我，作为其中年龄最大的舞娘，没

1 费尔南·德·麦哲伦（1480—1521），葡萄牙探险家，向王室提出环球航行的请求未获批准，后为西班牙王室效力，其率领的舰队于1519至1522年达成人类历史上首个环球航行。

有人会挑选我，因为我在吧台前对着酒瓶后面的镜子打扮，检查自己野草莓色的发绺时，就像头得了甲状腺肿的海豹，到了早上六点，我还是把那个曾是海军上将、现在只是不光彩渣滓的人带了回去，他此时已经快要被自己的痰给弄窒息了，身上散发的是缺乏肥皂以及酗酒的老人小便失禁的味道。我一路架着他，忍受着他河马般的鼾声以及皮肤散发的干贝似的臭气，一直把他带回我的茅屋，那地方位于沙滩棕榈树下，离大海二十米远。他躺在地上，这是身为水手永远需要的警觉，而当我被周围窝棚里同行的叫喊声弄醒的时候，我发现他光着脚蹲在海边，比天文学家还要清醒专注，他凝视着像粥一样几乎不动的海浪，仍然愚蠢地相信里面会走出一位宁芙。

在十二年七个月零九天的时间里，按照国王下达的指令，迪奥古·康热心地在她们应当被发现的地方寻找着她们，这些地方包括晚上的夜总会和早上的海滩：他一个个扫荡过岛区的棚屋，不停翻起布料，只发现小孩的便壶以及愤怒的小鸡；他用佩剑拨开河岸的杂草，寻找塞壬所生的三角蛋；他命令渔夫的划桨船停下来，以便检查网里的马尾藻、蟒蛇以及死海鸥，不过每天早上他终究还是堕落回对荷兰的怀念，在我的席子上散发酒味，作为一名没有远航船的船长，他会进城随意按门铃，在门垫上问水表上的读数，然后不等回答就走下台阶，急着回到我的茅屋门槛处，细细检查黄昏时的涨潮：“你想打赌吗，一分钟不到我就能逮到一只？”他会这么挑战我，“从阿姆斯特丹到罗安达，游泳的话只是一瞬间的事儿”。天黑之后他会帮忙哄邻居家的小孩子，给他们唱让大海平静的歌谣，或者用船上没完没了的葬礼故事娱乐他们；他会帮他们修好靠发条行驶的玩具车，到了领薪水的那天，他会送他们棕榈纤维作睫毛的玩偶，那些玩偶会用神谕般缓慢的声音呜咽出名字。我开始觉得自己不那么孤独，也更幸福了，对于和这么一个负责特茹河女神的公务员来一场黄昏恋，我的态度也隐秘地缓和起来，他总会给我讲，给眼镜抛光的工人如何在迷雾般的运河中踏动脚蹬，直到大多数的女孩都上了满载女人去欧洲的大船，却没有人想起我，因为我的身体没法在里斯本的妓院赚钱了，年龄也太大了。黑人们占领了这里的一切，在拱顶装上南斯拉夫机枪的底座，用一发发炮弹自相残杀，在血腥复仇的驱动下从森林里来了又去。港口遍布小艇和桨帆船，将殖民者的酸楚带回去，岛区的窝棚空无人烟，直到有一天早上，我没有像往常一样看见海军上将，他原本会用水手的专心观察汤状的海浪，在停尸房小山一样的尸体，或是自由地在焦油中分解的肉身中，我也都没有发现他。我担心不已，就报告了水力公司，他们把我从漏水龙头部赶去失踪死亡处，那里有个瘦瘦的黑白混血儿，他用“同志”称呼我，用牙签清理完指甲，翻阅了卷宗，翻阅了登记簿，又翻阅了杂货账本，展开一张地图后陷入博学的沉思，然后向我保证，会通过法定方式将答复送到再计划窗口，那地方位于四楼，就在水管破损处的小窗后面，于是我经历了三周从一条队伍到另一条队伍的漫游，经历了各种自相矛盾，要么否定了之前对我肯定的话，要么肯定了之前对我否定的事实，最终他们带着同情的面容，给我看了一张满是名字、日期以及政府工作人员登记号码的表格，然后用圆珠笔尖指着一处对我说，“就是这儿，看好了，这只麻雀一个多月前就飞去里斯本了”，回到家的时候，我根本连门都没进，只是把雨伞靠着棕榈树放好，然后跛着脚走到沙滩边缘，之所以跛着是因为鞋子太紧了，我没在思考，没在感受，也没在想象，只是在寻找浮在船体之间的女风神。

在圣阿波隆尼亚的露天咖啡馆，叫路易斯的男人还在写八行诗，面前还是同样的矿泉水，他时不时会把中空的那只似乎可以往后看的眼睛望向行李工，他们因为驮着沉重的行李而走着鸭子小碎步；或者会看向药贩子，他们在报刊亭附近挠着后背；又到了那位忘掉圆珠笔的侍者的上班时间，他在贮藏室里系上了黄色的纽扣。头顶的天窗像爱情之路一样进入黑夜，先是蒙尘的玫瑰色，就像外面河流的颜色，然后就全黑了，彻底的漆黑中点缀着来自虚构船只稀疏含糊的亮光，那些船就像偏航的幽灵飞机一样。来自马德里的火箭喷出焦煳味的蒸汽迫降，透过它的吻突向水面吹气，让水都燃烧起来，一列货运火车带着无尽的清闲从最后一排启动，透过车皮上的小口，能看见米尼奥省公牛的犄角和骡子的鼻孔。出租车顶灯像萤火虫一样发着光，又开始在黑暗中设立航标，车的马达运转着，在用蜘蛛般的耐心等待顾客。报刊亭里有杂志以《高尔夫是我唯一的爱》为题，里面有对阿丰索·德·阿尔布克尔克的独家采访，他坐在自己埃什托里尔别墅的壁炉旁，一条杜宾犬趴在脚边。那位侍者手臂上搭着抹布，擦了一两个盖子，搬开几把椅子，然后对着一名隐形奴隶吩咐说（那人藏在柜台城墙般的酸奶和软饮料后面）：“快上一杯茶，还有一份米糕。”经过叫路易斯的男人身边时，他好奇地嗅了嗅用纸板做的包裹，里面父亲的遗骸散发出大衣箱那种发酵的味道，然后他被举起来的一根手指召唤，消失在成堆的打火机和美国烟草中间。

不过夜晚仍然还没有找到确切的地点，来放置它的黑夜神秘物件和它的日光管，阴森的影子和金属灯的人工光线还在紧张地寻找着自己，眨着眼睛往地上的水泥发射光线。所以擦皮鞋的利用这个机会袭击人们的脚踝，人们纷纷害怕地回避；九点钟，分散的乞丐穿着盖住衬裤的华达呢，用灵巧的小手从码头处扁平的臀部捞取战利品，那些人表情多疑，正要从因坦丹特去往阿尔法玛，只是在车站停下来吃顿馅饼当晚饭，告密者和警察就在后面追踪。十一点钟，当特茹河啤酒泡沫般的波浪已经与视线同高，老父亲的遗体又开始强烈地颤抖，直到最终在箱子的锯末里平静下来，侍者在他面前停住脚步，手里托着一盘蕨糖浆，穿着装饰着脂肪的外套，连看我的诗一眼的兴趣都没有，只是问道：“这杆圆珠笔不会是我的吧？”而我回答说：“是的。”我的手上没有停止写作韵诗，因为我突然有了灵感，有了合理的意象，但是接下来的半个小时，他一直坐在我的桌子旁边，不停抱怨：“这他娘的贵日子，我们挣的钱就那么一丁点，你知道的，基本都用来交税或者被扣除了。”这个悲观的家伙是中年人，一名业余无线电爱好者，他和妻子、五个子孙还有一名残疾人岳父一起睡在高区的一张长沙发上，只有一条毯子盖着膝盖，前面就是个圣徒祭坛，"你想象不出我到底有多倒霉"。此时我因为史诗写作被他打断而暴跳如雷，准备回答说，"我们大家谁都有烦心事，真是的，举个例子吧，我的厄运就是没法摆脱我父亲，这不，我现在还带着他呢"。此时那些遗骨，或者说是遗骨的残骸，突然轻轻地吱嘎作响，把那个人吓坏了，他名叫加西亚·达·奥尔塔[1]，"很高兴认识你"，在阳台种植药用植物，出生于曼特加斯，然后他惊恐地（"你是在故意逗我吗？"）一边盯着老父亲的股骨往后退。

报刊亭里，穿围裙的女人锁上了摊位然后离开，睡在候车室的乞丐把报纸折叠起来垫在耳朵下面，轮船上的信号灯在水中闪烁，而我把圆珠笔和八行诗放进口袋，向侍者讲述了罗安达城内的炮击，死者被摆上餐桌，在阿尔坎塔拉的棺材，手持步枪的海关警卫，为了让他平静下来，我让他用手触碰了装锯末和液态死者的袋子，那位业余无线电爱好者冷静了一些，建议我说："与其去埋葬他，为什么不卖给我当肥料呢，我在家里开始了一项实验，往我岳父房间的花瓶里放泻药，每周六我都往他食道里灌一小勺磨碎的花梗，但是到现在为止还没有成果，只有些山羊屎一样的排泄物出现在床单上，真讨厌呐，那混蛋一天没把肠子都拉出来，我就一天不会罢休。"

---

1 加西亚·达·奥尔塔（约1501—1568），犹太人博物学家，一生大部分时间供职于葡萄牙统治下的印度果阿，1563年发表的《印度香药谈》为欧洲介绍南亚药用和经济植物的先锋之作。

早上七点钟，黑夜慢慢起锚，为的是让另一个国度陷入黑暗，到了加西亚·达·奥尔塔下班的时间，他带我来到贮藏室隐秘处，把有纽扣和污渍的外套挂了起来，换上假鳄鱼外衣，这种衣服洗两次就缩得只有一半大小了，我们打开装纸板的盒子和它鸟粪般的环境，把锯末分离，像在药店一样，我们用一把鱼刀把父亲倒出来放到牛奶瓶里，软骨、筋腱、趾骨、小块含水的肉，一副状态良好的假牙被我放在了裤子口袋里，等到我像他那么老，脸颊也塌陷进去，被迫只能沮丧地用吸管吮吸鸡翅膀，那时假牙就可以派上用场了。我把瓶子夹在胳膊下面，当我们到达火车站前广场的时候（至少我觉得那是个广场），我只看见一群潮湿的海鸥，卡斯蒂利亚间谍待在河边卸货的卡车下面，还有数十个郑重其事的费尔南多·佩索阿[1],他们戴着眼镜,长着小胡子,走路去位于庞巴尔侯爵[2]时期建造的楼房里上班做会计,那些房子都有瓷制屋檐,早就被虫蛀的癌症和像长了天线的婚礼鞋一样的醉酒蟑螂给侵蚀得差不多了。

加西亚·达·奥尔塔居住在北街一套顶楼的三居室，底层有个杂货店，每天早上，有雕像的广场那块儿邻居和小狗很是喧闹。可以看到海，但只有透过一些缝隙才能看到，视线中大部分都是鸽子、隐秘的巷子里在玩游戏棋的人、凄凉的报刊编辑部还有变成垃圾站的法多[3]音乐吧。我们上了楼，在女裁缝

1 费尔南多·佩索阿（1888—1935），葡萄牙现代主义时期最伟大的诗人，创作的最大特点是以高达数十个的“异名”写作，每个异名都有自己独特的人生经历、思想倾向和写作风格。其半异名贝尔纳多·索亚雷斯的职业是会计。

2 庞巴尔侯爵（1699—1782），葡萄牙政治家。在若泽一世统治时期（1750—1777)成为葡萄牙实际上的统治者。1755年里斯本大地震后主持重建了首都。

3 葡萄牙特有的音乐形式，大多通过悲切的语调和歌词表达哀伤、对命运的顺从和对过去不可能的怀念。

的楼梯平台碰到了前一天晚餐的露水，然后才看到一位穿着袍子的女人，十几个孩子围着她，巨大的无线电沙沙地发出远方的声响，还有一位老人睡在碎成几截的垫子上，被成箱的花朵所折磨，这些花儿占据了整间公寓，用植物的狡诈慢慢地让他窒息，也把家具、孩子和查煤气表的人都赶到栏杆外面，赶到满是叫卖声的街上。

在各种香叶造成的浓郁空气中，我们很难移动，这些植物有着治疗便秘、象皮病、男性不育、强直性昏厥、静脉曲张和斜眼的功效。在餐桌上，一个对麻疹有奇效的长毛触角总是比餐叉先够到午餐里的土豆；红色的雄蕊像吹口哨一样送口气就吸起了肉汁；煎制后可以治鼻窦炎的食肉郁金香则被禁锢在花瓶里，不然它们可是连人都能吞下去。时不时的会有从加拿大某地或者澳门来的痛苦低语在无线电里嗡鸣，“喂P34，喂P34，这里是JS90”，“我在听，over”，然后加西亚·达·奥尔塔就会马上停止讲解如何培育种子可以消灭折磨人的鸡眼，给自己装备好弯刀和护脸钢盔，然后朝着收音机的方向披荆斩棘，砍下的植物卷须可以解决皮肤上的脓肿、黑头和多种瘙痒。我们忘记了手中的勺子，悲伤地停止了喝汤的动作，几个孩子抓着妈妈哭了起来，妈妈正向着药用森林挥手道别，几个小时过去了，我们安心地听着一系列串线的消息，听着存活的无线电爱好者的吼叫，他们一直在坚定地呼叫：“这里是P34，这里是P34，我在听，over。”

叫路易斯的男人用装有父亲遗体的奶瓶换了北街的一张床位，很快他就习惯了贴着厨房的瓷砖入睡，那里靠着灶台不远，药用植物喜欢在饥饿时咬着臼齿，将息肉和牙根浸入垃圾篓；他也习惯了韩国或者保加利亚的陌生人的声音，他们和火车站提供蕨糖浆的侍者用密码讨论，谈的是东京汽车的化油器，或是索菲亚人民芭蕾舞团的年度节目单。早上那位妻子会拍手驱赶入侵的灌木，煮饭需要的水都被吸走了，让她没法烹饪，藤蔓植物偶然逮住一个小孩，然后孩子就消失在海绵状的枝叶中，而叫路易斯的男人用一小撮父亲浇过花，之后会走上街去，聆听女鱼贩之间恶毒的争吵，怒火在她们的喉咙里轰鸣；他会去欣赏吉卜赛人自豪的步态，他们在他身后的石子路上拉动吱呀作响的破旧推车；要么他就去迷迭香路的最高处，眺望下方的苏德勒码头和快帆船的晃动。他在王子区一家安静的糕点店继续诗的写作，在那里，秃顶的鳏夫被纯洁的怀念之情所感染，小口抿着柠檬茶对抗无休止的伤风，而我，被他们的咳嗽声还有固执地围着豆饼的大苍蝇搞得心不在焉，就会把一杯马提尼酒放在胡子前面，开始描写暴风雨和诸神会议。

回去的路上接近北街的时候，我会立马听见一个声音，在那个中央放着我雕像的广场，虽然还有五金作坊的电动机声、擦皮鞋的人发出的嚓拉声以及木匠的打锤声，我还是能听见紫藤发出月震般的声响，紫藤花对消化不良药到病除，我能听见它们在和阳台的天花板角力，因为想要吃到遗留在房顶的鸽子蛋；接着马上就能听见加西亚·达·奥尔塔开心地大叫，因为某个波兰对话者的水痘有好转的希望，经过远距离传输之后，那人的话就只剩下几个古怪的、结结巴巴的音节。植物学者的太太做了一碗炖菜，一半都被专治子宫脱位和智齿不正的紫罗兰给吞食了，然后她会蜷缩在桌子一角，因为害怕治口气的菠菜和治关节僵硬的天竺葵，在她给幸存的、暂且还没被饥饿植物吞食的孩子们剥水果皮的时候，她还要回应瘫痪的那人，他在隔壁房间诉说着曼特加斯的冬天，虽然葬礼的气氛像耶稣诞生的马厩一般肃穆，但是水晶一样的雪花仍然在死者的眼睑上闪耀，他还说起长着噩梦眼珠的狼群在小城疾跑，还对她讲述风对松树的低语，房间下方的畜棚火山爆发般的恶臭，还对她谈起过去，见鬼，他居然谈起过去，还让她拿来他的短袜和内衣，以便检查霜冻对院子里的番茄株造成的损害，阿尔齐拉："我当初是出于可以看到海的朴素愿望，才同意搬到里斯本并且嫁给这个摆弄电话和种子的疯子，但是这里的海就像个小水盆，而且总有从非洲回来的远航船，满载着身无分文的殖民者，那些人都是些会卖掉自己父亲骨灰的疯子，就像那边那个直立不动的傻子，而且那人一点礼仪都不讲，吃饭时总是搞得满身油污，其余时间总是在朗诵写在一沓发票纸上的莫名其妙的句子，什么大海，该死的大海和这座总有厕所和垃圾臭味的该死的城市，你别动，爸爸，你别动了，"她对着老人高声喊叫着，对无线电里用匈牙利语进行的对话充耳不闻，"最迟这个夏天我们就回山里。"

她并没有成功离开，没有大声叫嚷，连路上要吃的洋葱都没有准备，这是因为在他们动身前一周，一捆秋海棠在午休时间一口吞下了瘫痪者，当时一朵被驯化的矮牵牛花正在修剪孩子们的指甲。叫路易斯的男人正在午餐油布上修改有关侍女和国王之间不幸爱情的章节，而加西亚·达·奥尔塔在校准按钮，和一位博士宗教领袖交谈，那人被他的第十五个小老婆、墨西哥领事的教女皈依了赫兹波，两人之间的谈话内容围绕着妓院和中学课本中泛泛的科学概念。植物学家的妻子当时正巧走进瘫痪者的小房间，胳膊下方还夹着一箱子衣服，她还能分辨出一个脑袋在反刍一只格子花拖鞋，植物包围住如今空无一人的椅子，惬意而安静地消化着，椅子座位上还留着死者屁股的印记。加西亚·达·奥尔塔脱离了和戴头巾的人充满呼啸和机械叹息声的谈话，摇摆着手指威胁要把那些花碾成粉，放进对改善风湿有好处的茶水里，最后他穿上丧服，围绕着满是植物秆子的棺材组织了一场偏执的仪式，还在惊骇万分的邻居面前用小喷壶给植物浇水。作为手持卷尺的职业悲伤人士，殡仪馆的雇员拒绝让一个花瓶登上灵车然后将其埋葬，医生被叫来提供死亡证明，但在对着树根使用了听诊器之后，他只听出了雪融化时轻轻流泪的声音，还有早上十一点时曼特加斯桉树的沙沙作响。所以最后他们只能把瘫痪者留在家里，完全溶解在治疗耳炎的药物里面，直到一篱治疗斜颈和肋骨骨折的向日葵淹没了对他的思念，他的女儿旅行去了在皮涅尔的婶婶那里，悬铃木和外国移民的豪宅在窗外划过，午餐盆抱在她怀里，死者从未穿过的衬衫包在盆外面。

在丧父的孤女留在北方期间，她沿着贝拉省冬季的废墟到处游荡，而加西亚·达·奥尔塔和叫路易斯的男人，他俩经受了被遗弃的人有上顿没下顿的饥饿，在橱柜里找点心渣，舔食冷盘子上的油脂，扫荡掉门后袋子里面的面包屑，隔一段时间去便宜的小饭店吃一顿汤和蔬菜，不再理会无线电里发出紧急呼救的因纽特人的沙沙声，而公寓里的药用亚马孙丛林还在不停疯长，已经让他们回不去了，一排罂粟花组成了堤坝，在楼梯平台上咬牙切齿地展示着它们的残忍，孩子们已经一个接一个地消失了，都成了乌头和甘松的圣餐，一株九重葛只用了斗牛犬似的一大口就吞噬了最后一个孩子。

接下来他们去了洛雷托街，一路观察着工人餐厅，油炸食物烧焦的油就像顶楼的霉菌一样飘浮在空中。在贴在橱窗外错字连篇的菜单上，他们辨认出鱼的价钱。他们在小吃店的红酒前流连，那酒稠到简直可以用勺子舀着吃。他们在一家小卖部欢呼雀跃，那里卖上好的冰激凌，甜点塞在管风琴音管造型的小瓶子里，还有把松子放在耳朵里烤制的乳猪，底下撒满了百里香和莎莎酱，最后却是在一家还没打烊的食品杂货店，他们喝了寒酸的劣酒当晚餐，店门口有位老先生在乘凉，他坐在一小桶土豆上面，用刊有选举结果预测的晚报扇风，在这个时间点，在北街最高层，治疗糖尿病的药草占领了公寓，并且开始朝楼梯进发，目标是夺取楼下邻居的巴吉度猎犬还有收藏的高帽，这个仓库看守身边总有金发男童跟着，他们穿着紧身裤，戴着烟熏色眼镜，长得和古代艺术博物馆内阿尔塔米拉洞[1]的油画里面的王子一样。他们一杯接一杯干着烈酒，与此同时，那位扇风的退休老人把报纸夹在腋下，艰难地往旁边一栋楼的一层走去，那里门上的猫眼都被装饰着波尔卡圆点的帘子挡着。十一点半的时候，杂货店的老板得强行把他俩赶走，他嘴里还抗议说："瞧瞧我这晚上过的，真倒霉。"而我俩就坐在路边，伴着玩偶的说话声交谈，我一直觉得那些娃娃随时可以睁开人造树胶做的大眼睛，带着变态的纯真喊出"妈妈"。尽管在康乃馨的雄蕊以及没有形体的瑞士人面前有着虚伪的美德，哪怕

1 位于西班牙北部坎塔布里亚区，内有旧石器时代的精美壁画，内容多为动物，现为世界文化遗产。

那些瑞士人在电波里呱呱叫着奇怪的摩尔斯电码字母和数字，但是只要我一开始给他讲解我写的诗的结构，开始更好地阐释那些比喻的用意，厌烦韵脚的植物学家就会消失在去花坛路或者比卡升降机的方向，升降机把河水带到城市顶部，那里的建筑物门面突出，就像年纪很大的黑人女性站在茅舍的半明半暗处，在无尽的健忘中漂浮。所以我就一路琢磨着史诗片段，时不时停下来借着服装店的灯光记下心得，一直走到那片有我雕像的广场，妈妈啊，那里有上百只鸽子以瓷器般的姿态睡在阳台上，小狗举起爪子放到纪念我荣光的台座上，尽管劣酒让我的双腿不太听使唤，迫使我像得了血栓一样趿拉着鞋子走，我还是成功到达两条窄巷中间的一小段台阶，在那里，可以同时看见纪念碑、去卡斯凯仕的火车以及河上捕捞沙丁鱼的小船上的信号灯，就在此时，敬爱的读者们，卡尔莫路瞬间被成排的路灯还有年轻侍从的笑声点亮了，长戟扎进了沥青里，战马的淋巴组织打着响鼻，而国王堂塞巴斯蒂昂[1]骑着马，在宠臣、大主教和亲信们的簇拥下出现，他身着青铜盔甲，头戴羽饰头盔，接着他消失在去市政厅的方向，身后跟着目瞪口呆的警察和夜间岗哨，他的目的地是阿尔卡塞尔吉比尔。

1 堂塞巴斯蒂昂（1554—1578），三岁即位成为葡萄牙国王，热衷于对北非发动圣战，在1578年的阿尔卡塞尔吉比尔之役（又称三王之役）中战死，没有留下继承人，导致葡萄牙遭受王位继承危机，并最终于两年后被西班牙吞并。然而在葡萄牙民间，长期有塞巴斯蒂昂并未战死，终有一日将带领国家重回辉煌的信念，一般称之为塞巴斯蒂昂主义。

带着儿子还有一大箱带亮片的裙子、一纸袋假银戒指以及一些人造树脂手镯，混血女人离开了他，去了南奥利瓦伊斯区的一间公寓，那是她所在舞厅的老板帮她置备的。在这之后，佩德罗·阿尔瓦雷斯·卡布拉尔咨询了水力公司那位口臭得可以把蚊子烧焦的督察，然后就决定移民去巴黎。迪奥古·康自从回到葡萄牙之后就不用再去查水表了，他从床底下上了锁的行李箱里取出几份沾上泥的文件，和他一起坐在旅馆台阶上，头顶是群狂热的鸽子，他用海员惯用的那根手指对准了布列塔尼海岸[1]，建议说："你请水手长让你在这里下船，可看好了，是这里，然后就别管其他，一直往右走就行了，小菜一碟，你要是看到哪座城里有一座很高的铁塔，那就说明到了，我在楼上应该还有几个法国先令，等我五分钟，我找出来给你。"

---

1 位于法国西北部。

佩德罗·阿尔瓦雷斯·卡布拉尔被喝醉了的航海家的形容说得有点蒙，后者每喝一口就把巴黎说大一圈，逐渐囊括了威尼斯瘟疫猖獗的运河（那里的最高执政官在水流中失去了理智）、佛罗伦萨梦幻般的雕像和莫斯科杏仁蛋糕的底座，吸血鬼似的拉斯普京[1]就是用最后那种蛋糕催眠了许多伯爵夫人；他还说起每周日，那里都会在康康舞[2]表演中于断头台上处决国王，为的是娱乐群众；还说起他每周都去奥利瓦伊斯看儿子，那里的房子还未完工，地处学校操场旁边：电梯在九楼把他放下，那里闻着有松脂和蜡的味道，他会按下门铃的三个音符，混血女人穿着镀银的拖鞋和有鸵鸟羽毛领子的长袍，会给他打开安上了垫子的大门，“我远远地看见，海军上将阁下，我看见蓝色龙爪茅编成的奇迹般的大地毯，看见吧台水晶搁板上的镜子游戏，看见像教皇棺木一样肃穆的上了漆的钢琴，看见被中世纪圆花窗所取代的窗户上的旗帜，新的窗户上描绘着施洗者约翰在举重，透明的约旦河水浸到腰部，我还看见一张桌子，有烟色玻璃表面，而且雕工精巧，两个马来亚烟灰缸中间放着一位杰出绅士的肖像，他五六十岁的年纪，灰白的头发上戴着一顶两角帽，我妻子尊敬地叫他塞普尔维达先生，就是他给她提供了房子，还馈赠了半打狐狸皮，那些狐狸都有着红宝石般的眼睛和鲱鱼般的牙齿，他还送了她一位穿着褶皱围裙的厨娘，五位可以在综艺晚会舞台上同时举起右腿的女仆，还

---

1 格里戈里·叶菲莫维奇·拉斯普京（1869—1916），沙皇俄国末期的传奇人物，神秘主义者，擅长催眠术，私生活放荡，有“妖僧”之名，最后被王公大臣合谋刺死。

2 起源于十九世纪法国的舞蹈，标志性动作是提着裙摆的两手不断左右挥动并向前高踢腿。早期具有较多色情意味，现今则多强调其杂技性。

有一位苏格兰女家庭教师，这人很严格也很男性化，十二个兄弟都是国际级橄榄球选手，她教会孩子如何用宫廷里的姿势使用餐具，如何在发卷旁边梳出发缝，以及如何用大不列颠的王子们的方式对我打招呼，像在雾气弥漫的工地里一样冷淡地点头示意，这样一来，我都不敢靠近他了，对他冰冷的道别和高高在上的贵族剪影敬而远之，不然他会用小拇指下命令，让我把屁股放在桃花心木扶手椅的边缘，然后毫无感情地从王座上看着我，王座毛茸茸的，像王室成员参加的葬礼一样奢华”。每周四，混血女人会把厨娘和女仆赶上街去，再让长雀斑的护士带着小勋爵去植物园，那里有成排的栅栏和法国梧桐，孩子会用坏掉的吸尘器的语调鹦鹉学舌，列举出鬣狗和猴子，要不然她会下令让人带他去星区，坐在不舒服的金属座椅上，欣赏梅阿利亚达消防员志愿者爱乐交响乐团的音乐会。接下来，她会在一名日本按摩师的帮助下泡一个香氛泡沫浴，用淡紫色藻状海绵摩擦腰部，去除腋下的异味，涂上精油，在房间四周点上蜡烛还有和调色盘一般多彩的非洲香粉，套上黑色长袜，穿上像伊丽莎白一世见弗朗西斯·德雷克[1]时一样气派的绸缎衣袖，在留声机里展开一地毯的小提琴，在首席女演员用的梳妆台前给自己化好妆，然后等待着塞普尔维达先生的拥抱，这位贵族是个鳏夫，在安哥拉安葬了亡妻，现在用波莱罗舞淹没了里斯本的夜晚，这些夜晚会被灯塔泛黄的光线还有垃圾车里易拉罐撞击的喧嚣打断。

1 弗朗西斯·德雷克（1540—1596），英国著名的私掠船船长和探险家，1581年英王伊丽莎白一世（1533—1603）亲自登船授予其皇家爵士头衔。

混血女人不再出去工作了，现在忙着用大拇指翻阅时尚杂志，同样的大拇指无聊到会出于消遣一片片剥去雏菊的花瓣。面对修脚工、美容师、理发师乃至“好习惯及微积分学校”的老师时，她都是一副无动于衷的态度，财富让她更加冷漠了，吹生日蜡烛时，她会一边看窗外奥利瓦伊斯的风景，一边把新涂的指甲油吹到蛋糕上，而我还在毫无进展地试图和儿子交谈，那家伙戴着缩小版亨利八世的面具，总是带着外交官或者狱卒那种不带感情的面孔，回答我战战兢兢提出的问题，最后在抚摸一只驯化了的塞特种猎狗的耳朵时，他会吐出一句无法理解的话，那只狗倒是能把人类表情做到令人发指的程度；在旅馆门前的台阶上，在纸灰色的鸽子面前，听对方说了这么多之后，迪奥古·康气愤得一巴掌拍在瓶塞上，然后把酒瓶塞回自己的衣袋里，说道:“在这里稍等一下，我马上回来。”在方济各·沙勿略先生的摇椅和我身后，能听见他漫无目的的脚步声在木地板上回响，然后是楼梯上哐啷滑倒的巨响，接着是一阵沉默，一秒钟后又开始巨响，伴着一连串深海里水手会发出的咒骂，再一个小时后航海家捂着胸口的剑突软骨出现了，全身经过仓促的包扎，下巴上有个巨大的瘀斑，但他还是把地图在草地上摊开，从鞋盒里取出星盘，孩子们原先一直问他要那个鞋盒来养蚕，接着他又开始考虑已经下山的太阳，凝思不可能的纬度，然后一边四处拍打大衣寻找酒瓶，一边增加时区和减少里程，最终断言说:“你只要登上下一艘从里斯本离开的船，八天后你就能出现在红磨坊[1]，两只腿各坐上一名女演员，

1 法国巴黎皮加勒红灯区的一间酒吧，建于1889年，以其康康舞表演闻名世界。

对着这里竖中指。”

然而，因为没有钱走海路，事实上他已经身无分文，不能四处寻找从五星级酒店里逃出来的龙虾，虽然龙虾畸形的护手会让它们走不了直线。这样一来，他就只能找到教区大厅的厨房，那里会在神圣的长桌上供应烤土豆，前提是要庄严宣誓会马上皈依，“赶紧用你父母的健康起誓，每天下午你都会请求至圣上帝的祝福”。他会说：“我发誓。”“你要保证每天四次念珠祈祷。”他瞥了一眼装豆子的大锅，说道：“我保证。”他还和戈麦斯·弗雷雷大街的一位雇员达成了共识，那人在一间只有一把椅子的理发店干活，是一位吉卜赛造假贩子表兄的哥们儿，他们商量好晚上十点在“方济各之花”见面，那是挤在主教区总部和医院中间的小吃店，里面有个老人躲在角落喝着给病人的颠茄茶，成盘的鳕鱼馅饼像岩石一样硬，还有那位吉卜赛人，打扮得像乔治·拉夫特[1]，手上戴满了戒指，领带上绣着金色花饰和裸女，他从桌边站起来，正在和合伙人谋划什么，合伙人要年轻得多，但是却已经穿丝戴金，吉卜赛人走到我面前，带着小胡子上的蜡味，伸出那只刀客独有的神鬼不觉的手：“你是佩罗·瓦斯·德·卡米尼亚[2]的朋友，不是吗？我是费德里科·加西亚·洛尔迦[3]，很高兴见到你。”

圣安娜广场的天鹅在湖里悲鸣，蝗虫正在打破花坛里面卵的黏膜，戴着领巾的议事司铎两两成行，在枢机主教的窗下走

1 乔治·拉夫特（1895—1980），美国电影演员，尤以饰演的黑帮成员著名。
2 佩罗·瓦斯·德·卡米尼亚（约1450—1500），跟随卡布拉尔舰队航行到达巴西，以写下向曼努埃尔一世报告“发现”巴西的书信而闻名。
3 费德里科·加西亚·洛尔迦（1898—1936），西班牙最伟大的诗人之一。本人并非吉卜赛人，但以吉卜赛风格写作的《吉卜赛谣曲集》成为其成名作。

来走去，谈论着宣福礼和布道词，圣若泽医院的救护车来来往往，像吊桶一样总是在急转弯，响着汽笛的车上载着断腿和其他可怕的厄运。费德里科·加西亚·洛尔迦介绍了同伴，那是一名金银宝藏专家，介绍过程中他一直分心用火柴清理耳洞，“这是我的合伙人路易斯·布努埃尔[1]，他可是阿连特茹所有海关警卫队员的证婚人”。他们从一个呆头鹅那里订货要仙山露苦艾酒，然后趁那人在一大摊标签中间打盹的间隙，吉卜赛人咬紧舌头，紧皱眉头，把衬衫袖口往上拉了拉，再晃了晃手铐，接着不容置疑地宣布：“我们长话短说，总共一万两千五百块，就这么定了。”

佩德罗·阿尔瓦雷斯·卡布拉尔回到奥利瓦伊斯，向混血女人要旅行的钱，把她吓了一跳，当时她正四肢张开，躺在妇科检查用的扶手椅上，就如同被解剖的野兔一样，被一群美容技师压着，她们正在凶残地对付着她脚上的瑕疵、膝盖上的痂还有关节处粗糙的皮肤，她们觉得她嘴角有条无法容忍的皱纹，头发需要梳成稀疏的刘海，肩膀应该闪烁着金色簧片般的光泽，隐形眼镜会让眼睛显得更柔和，耳朵上应该戴上钻石耳环，此时我儿子和我一起待在等候室，他正在用凶恶的警察毫米级别的注意力审视着我，而我则沉浸于一幅描绘寡妇的水彩画，画中人正在路灯倾泻的光线下对着几枚硬币出神；直到那些变形者从被大卸八块的猎物身旁离去，此时她仿佛缩成了一捆没有骨髓的骨头，而佩德罗·阿尔瓦雷斯·卡布拉尔看着他

1 路易斯·布努埃尔（1900—1983），西班牙国宝级导演、制片人，和洛尔迦、萨尔瓦多·达利等人是好友，也是著名的“二七一代”成员。

的妻子从整形手术台起身，和早晨教堂里的画像一模一样，在主殿的彩画玻璃上，被斩首的殉道者画像被水果一样爆裂开的阳光碾成粉碎，他吓得不轻，这会儿也站了起来，脚踝和佩剑缠在一起，他慢慢向前一步，就好像是在水上行走，向着那位居家修女的幽灵前进。她已经准备好迎接塞普尔维达先生每周一次通过钢琴上方相框的来访，我一边用指间隙擦过她身边由香水和香粉构成的无法触及的空气，一边害怕地问："你可以借给我一万两千五百块吗？"

那位苏格兰夫人后来嫁给了萨·德·米兰达[1]的一个私生子，生了个著名的双头婴，在他仅仅六小时的生命里，那孩子不停地在摇篮里诅咒着医院里的护士，让他们目瞪口呆。在这位夫人的陪伴下，儿子在楼梯平台和他告别，向他伸出了虽然纤细但却瞧不起人的手，在楼房门厅，我正和女看门人说着话，她正跪在地上擦着大理石台阶，这时我看见一位头发斑白的骑士，他戴着贵族头盔，手捧一把玻璃纸做的兰花，正把一根亚美尼亚香烟塞进碧玉烟嘴。正是以这种方式，就在我看到他的转瞬即逝的一瞬间，我认出了这个男人，这个让你为了他准备、为了他喷香水、为了他做美容、为了他化好妆的男人，这个老家伙穿着泳衣在泳池边的彩色照片，都被你放在床头伴你入眠，可你却从来不愿意，甚至从来没想过要这么对待我的相片，这家伙强迫你为了他穿上西班牙妓女那种暴露的衣着，穿戴上假臀、翠玉、紧身胸衣和衬裙，佩德罗·阿尔瓦雷

1 萨·德·米兰达（1481—1558），葡萄牙诗人，将多种在意大利流行的文艺复兴诗体引入葡萄牙。

斯·卡布拉尔想象着他按下电梯按钮，注视着代表楼层的数字朝着她的所在一点点上升，听见钥匙转动的细碎声音，苏格兰女人让孩子准备好，出发去某个战略需要的电影场次，或是星区某场适时的音乐会，与此同时塞普尔维达先生把香烟丢进烟灰缸，满意地确认各个物品的摆放位置，而且都一尘不染，他把头盔丢在沙发上，然后接收你有着古龙水、麝香和孔雀羽毛的身躯，你身上的珠宝硌着他的胸口，你皮带的黄玉带扣卡住他的肚脐，你的性器牛至的味道像平静河水里的玉兰花船碰撞着他，朝着一个甜美、潮湿、没有重量、沉沉的睡梦而去。

接下来的一周，我在无花果树广场一家有桌球台的糕饼店找到那两个吉卜赛人，他们穿着翻领外套，打着阿拉伯式图案的领带，紧紧挨着展示水果糖的玻璃橱窗，还有散发着死安康鱼和氢氧化钾味道的厕所小门。费德里科·加西亚·洛尔迦把支票折成两半，用戒指的棱角印出痕迹，然后藏进钱包，那里面满是乱七八糟的伪造信用卡和典当票，他陷入了对钞票的沉思，表情既专注又迷茫，农民就是这样在家门口估量降雨云的，这时候柜台那边有人叫："请路易斯·布努埃尔听电话。"这时另一个吉卜赛人，秃顶、丑陋，眼睛像玻璃珠，他说了一声"不好意思"，然后就朝着喧闹混乱的走廊走去，那里满是老妇人、菩提叶茶壶和奶油蛋糕，桌球台绿白两色的反光让走廊扭曲，穿着长袖衬衫的剪影头上戴着赛璐珞[1]遮阳帽，围着桌子上的毛毡进行一场典礼之舞，更远的地方栅栏和口袋随意摆放着。拿着支票的那位嚼着止咳药，对桌球里的连击兴致

---

1 一种合成树脂。

勃勃，这时候路易斯·布努埃尔先生回来了，胡子上沾着淡奶油，他示意擦鞋工过来，带着鞋油，像封臣一样跪在他脚边，把他的脚放在木箱上，他一边打亮蓝宝石打火机，一边问我："能借我根烟吗？"接着他就消失在烟雾里，用晶体管走私犯的那种不连贯的卡斯蒂利亚语宣布："他们刚从格拉纳达[1]给我打电话，后天我们就能在那里过夜了。"

为了庆祝，我们三人走上了无花果树街，此时机关都已入睡，商店也都关门了，青铜国王骑着马在路中间，海洛因贩子在门廊就开始给自己注射起来，我在中间，他们两个一人一边，我们身上都装备着钻石和小刀，和许多人谈笑风生，包括摩拉里亚区卖二手碟片和黄色杂志的小贩，在窄巷的台阶或者小帆布凳子上乘凉的蔬菜摊贩，已经拆除的楼房地下室非法赌场有四方眉的门卫等，然后我们在一家酒吧一杯接着一杯地撕裂了黑暗，那里布满了体育旗帜，还可以玩桌上足球。在一群可怜醉鬼的注视下，我以九比一击败了他俩，那些酒鬼的脑膜泡在葡萄酒的羊水里，无目的地沸腾着，接着我又以六比四赢了下一局，其中两个球甚至是用守门员的帽子顶进去的，然后我们出钱给在场所有人买了一轮酒，进一步损坏他们已经奄奄一息的大脑，接着我们溜到陈尸所斜坡处，大声吟诵诗歌："绿啊，我多么爱你这绿色""死亡的嗓音回响在瓜达尔基维尔河附近""安东尼奥·陶莱斯·艾莱第亚，冈波里奥家的子孙"[2]，在费德里科·加西亚·洛尔迦的声音里，有橙子、刀刃、月光

1 西班牙南部城市。

2 上述三句诗分别来自洛尔迦的《梦游人谣》《坎波里奥的安东尼奥之死》《安东尼妥·艾尔·冈波里奥在塞维拉街上被捕》三首诗。

下的橄榄以及风中发辫的味道。我们穿过雷耶斯海军上将大街那一排哀伤的路灯，留意着眼镜店和布料店的招牌，在葡萄牙利亚啤酒馆做了几分钟短暂停留，迅速在吧台喝了一杯，与此同时我们还在合唱着“绿啊，我多么爱你”，接着我们迷失在盲人拱区的朴素建筑之中，这些建筑掩盖了其中结核病患者的痕迹，也掩盖了我的同志费尔南·德·麦哲伦的纪念碑，他在自己满是珍贵木材的寝舱死于热病，在遗嘱中给水手们留下了一幅维埃拉·达·席尔瓦[1]的油画，还有皮埃尔·洛蒂[2]的全套著作，然后我们走进街角的一户人家，开始抽委内瑞拉雪茄，那幢楼门前摆放着不少兽医的招牌，在没有电梯的情况下，我们一层层地往上爬，肺里面感觉有沸水在翻滚，我们一边喘着气一边踢开在台阶上打鼾的人，路易斯·布努埃尔先生在门上敲了几下暗号，一边还在漫不经心地哼着“绿啊，我多么爱你这绿色”，然后我们发现里面有一群鬼鬼祟祟的吉卜赛人，都穿着里斯本最贵的裁缝做的亮色衣服，正在密谋突袭莱昂王国[3]，逮捕杀害伊内斯·德·卡斯特罗[4]的凶手，那三个逃犯的面孔每天都和著名的加斯普洗发水的广告一起出现在报纸上，那玩意儿会增加掉发，让眉毛和趾甲脱落，早已经被秘密警察、共和

1 维埃拉·达·席尔瓦（1908—1992），出生于里斯本，后加入法国国籍，抽象派女画家，作品标志性的特点是厚涂颜料以及画面上复杂的小方块排列。

2 皮埃尔·洛蒂（1850—1923），法国小说家和海军军官，以其富有异国情调的作品在当时备受欢迎。

3 伊比利亚半岛古国名，1301 年与卡斯蒂利亚合并，范围大概在今天西班牙的中北部。

4 伊内斯的悲剧见前注。鼓动阿丰索四世处死伊内斯·德·卡斯特罗的三名大臣后来分别逃到卡斯蒂利亚和法国，佩德罗一世登基后处死其中两人，并将他们的心当众挖出。

国国民卫队和堂·佩德罗的私人军队共同通缉。

路易斯·布努埃尔一直在对着佩德罗·阿尔瓦雷斯·卡布拉尔窃窃私语:“你等着瞧吧，总有一天我会把这些垃圾都抛在身后，做出一部让所有人都目瞪口呆的电影。”卡布拉尔次日下午离开，坐上一辆电视商店的货车，没有和儿子、混血女子或者水力公司的督察迪奥古·康告别，康这时候一准躺在印度使徒旅馆里，对着鸽子用星盘推测太阳的位置，在他长满了霉的地图上，根据并不精确的对星星的阅读，寻找阿姆斯特丹女人附近的方位角。他们是在蒙特莫尔[1]路边的一家餐厅吃的晚饭，那里装饰有斗牛短扎枪、鞍子和斗牛士披风，还有戴上假胡子做伪装的杀手,这些人把他们的鸡汤做毁了，然后又搞砸了肉酱，往牛排上放了厚厚的亚麻絮。他们的假发滑下了颈背，匕首尖刺穿了外套破烂的衬里。伯爵们正在四周捕猎野猪，骑马奔驰在柏油路上的声音就像在敲打葫芦壳，他们的猎犬在门口用盲人拐杖般的鼻子嗅了嗅蹭鞋垫，然后就消失了，因为闻到了某个意外出现的山里动物。迪奥古·康应该是伴着露水在旅馆的台阶上睡着了，肚脐眼朝上，因为极少洗澡，他的身上布满了虱子和甲虫，同时他的体重压皱了洒满酒精的平面星图和生虫的航海日记，与此同时印度使徒本人正在追逐着特茹河的女神，不过当开货车的路易斯·布努埃尔先生从桌头站起来，嘴里叼着牙签，我就跟他走了，并没有怀念什么，一路上我们和杀害国王情人的凶手们就蒙特莫尔的雪松展开谈话，随着夜色变深，同样变得稠密的还有树枝以及猫头鹰的羽

1 里斯本以东埃武拉区的一座城市。

毛，两小时之后我们就到了埃武拉城墙豁口处，接着就是边境线，或者说是一条毫无光亮的河流，分开了长着油橄榄树和岩蔷薇的两座山丘，接下来我们经过无边无际的荒野，被荆豆刮伤，唯有在栎树下推动斗门水车的动物会打破这片寂静。这个时候，我们碰见一大群卡斯蒂利亚军人，他们护卫着一座点着灯的帐篷，就是市场里的那种帐篷，还有成百上千的军旗和行军厨房，外科医生在磨快手术刀，魔术师逗乐士兵，一名哨兵告知我们，菲利普国王[1]正和他的元帅们在一辆参谋部活动车里计划入侵葡萄牙，因为堂塞巴斯蒂昂，那个穿着拖鞋、戴着耳环、总是舔着印度大麻卷烟纸的无能蠢货，已经因为从一个叫奥斯卡·王尔德的娘娘腔英国人那里偷了一小袋大麻，在摩洛哥的某个毒品街区被砍死了。

---

1 指西班牙的菲利普二世（1527—1598），1580年在葡萄牙王位继承危机中获得大部分葡国贵族支持，成为葡萄牙的菲利普一世，开辟西班牙统治葡萄牙的六十年。

他的生命中已经经历了一切，从发现印度，并且亲手打扫我垂死的哥哥保罗·达·伽马的排泄物，到帮助某个不幸的人用硬脂塞堵住他父亲棺材的缝隙，这个人是里斯本革命后坐在一艘船的货舱里回到王国的；从心不在焉地打牌输掉，直到像现在一样，住在上帝圣母区的经济适用房街区，到切拉斯，那里的议会一致决定授予我奖章和证书，报答我对祖国的贡献，堂曼努埃尔每周日上午也会开车到那里，接我去绞盘海滩兜风。

周中会有市政厅的园林工人过来给草坪刮胡子，并用芦竹给花坛里的菖蒲做矫形，一名政府给发薪水的职员穿着印有共和国徽章标记的长便服，会给家具掸尘，那些家具虽然分配给了我但依然属于公共财物，它们抵着当作墙的木材，包括摇摇晃晃的写字台、没有抽屉的文件柜、木头变形了的碗橱、早已被人遗忘的国会议员和总理摆着斗牛士架势的肖像、闻着有鲸脑油和鞋油味道的某个陆军少校的床，而我虽然经历了不可胜数的航海年月，但唯一保存下来的是这只镀铬的小熊，这是一位东方的宁芙在果阿作为离别礼物送给我的，她是印度尼西亚行政机构里的一位女文书，是海神和寺庙里贞女的女儿，我们离别的地方差不多就在轮船舷门，“前提是，我的爱人，你永远不要忘了我，我今年二十三岁，有一块阑尾手术伤疤，摸着它感觉一下，还有，我的名字是阿德莱德·达·雷登桑·佩肖托”。这只小熊被我放在餐桌正中，在我吃饭的时候，它用低能儿一般的专注力看着我，我吃的是鳕鱼配嫩芽，这是海军医生解读化验单之后给我安排的饮食：“一点脂肪或者油炸食品都不要吃，伯爵先生，我可不喜欢您这块肝告诉我的事情。”这只小熊毫无价值，完全可以在乡村集市的地摊上买到，旁边还有千百件与它一模一样的，周围响彻乳猪的哀号以及母羊的喷嚏，只不过它能让我想起远方的沙滩和棕榈林，想起布满泡沫的乳房，想起上了漆的喷雾器，还有永葆青春的少女的笑声。

吃完午饭，他会在小区里慢慢散步，一路上问候趴在二层窗户高度的女士，她们穿着长袍，那高度令人眩晕，他深切地感受到午后的酷热，都把飞在空中的麻雀晒干了，不然他会感知到河水的光泽反射在文学厅的出口，到了四点钟，他会在一把属于国家的扶手椅上瘫倒，膝上放着国际象棋棋盘，和想象中的对手开战，并且把荷马史诗般的横生枝节记在管家用的记事簿上。晚饭他喝的是木桶里的水，吃的是快帆船上的饼干，所有的窗户都闩上了，所有的女士都缩回了身子，他会趿着拖鞋回到楼上，在关节允许的情况下脱下皮带、匕首、背心、摆渡人穿的救生衣以及其他老旧的海员附属品，从阴毛里抓出河虱，从屁股褶皱里找出虫卵，然后先一只手再一只脚，慢慢穿上孩子的圆点睡衣，当他关灯的时候，当他按下台灯的开关，床单就会开始抖动起来，像行驶在反常的印度洋上的船体，他的肩胛骨上布满了糙皮病留下的瘀斑，马达加斯加开始晃动，在我无法企及的千里之外，还有桩子上的茅屋以及眼睛肿胀的章鱼。

周日早上如果有太阳，堂曼努埃尔国王就会在马路上按响喇叭，他开的是一辆极其古老的福特，一辆锈迹斑斑的敞篷车，睡眼惺忪的女邻居穿着衬衣窥视着君王，他头上戴着叶子编的王冠，身上穿着长罩衫，袖子卷了上去，他用权杖示意瓦斯科·达·伽马下来，两人沿着海边往城外开去，一路上伴着传动杆摇摇晃晃的转动，在马达冒出的黑烟笼罩下，他们谈论着东方。

渔船在大批金枪鱼和沙丁鱼中迷失，在地狱角被刺穿，过了此处，他们在一处宁静的平地靠岸，吃了一顿八旬老人的饭，岁月已经让可食的内容缩减成了可丽饼、面包汤和土豆泥，然后他们蹲在悬崖上，在峭壁鹡鸰的恨意中，他们继续谈论起旅行、中国女人隐秘的技术还有王国的贸易。堂曼努埃尔把王冠放在膝上，用指甲抓挠着头顶凹陷处，一边还在抱怨生活有多不幸："真是的，你看看我们不经意之间就这么老了，什么都做不成了，我可一点都没夸张，该死的，真是什么都做不成，你想爬上桅杆却做不到，阅读电话黄页是休想，就连底下海浪打到没有沙子的页岩上的声音，都随着年龄增大变得悲伤起来，晚上总是处在焦虑之中，担心不知道什么时候就要进医院，你再看看，我们的鼻子变粗了，哎，前额又皱又黄，脸颊上淌着叶青虫的口水，也许今晚我们去马戏团看看是个好主意，会有所帮助，有个马戏团就在王宫旁边，我总能看见杂技演员和驯化的动物，我特别喜欢练柔术的杂技演员，她们会把手肘弯到一百八十度，你难道不喜欢吗，而且在这表演后，走道里会弥漫着氨气的味道，我们就可以不用感到羞耻，随意尿在裤子里了，我们赶紧定一个包厢吧，你觉得怎么样？”

他们在卡尔卡韦洛斯[1]海滩买了海鲜馅饼，然后国王把他送回了家，因为木琴和小丑的喊叫声挑起了瓦斯科·达·伽马的自杀欲望，接着国王挥舞权杖告别，在湿稻草形成的烟雾中离开了。伯爵在楼上摇摇晃晃换下制服，换上单人牌戏的睡衣，在蚂蚁占领大虾的时间里（虾子是作为宵夜放在餐桌上的），他选择了王牌，重新洗牌，分发给想象中的玩家，与此同时，他用鹰眼记忆着牌的花色，那眼神属于密西西比河轮船上的职业扑克选手，随着牌局进行，他一边算着分，一边想起自己和国王到绞盘海滩的旅行，想起人行道上卖种子、豆粒和小牛皮的商贩，想起夏天临时集市上的锡箔、晶体管和陶器，想起让他们在欧艾拉斯汽车旅馆附近停车的交警，那人从排量六百毫升的日本摩托车上下来，慢慢脱下手套，右手做了个类似敬礼的手势："出示一下证件。"

在灌木边缘能看见海上鱼鳍的反光。一个个大家庭排着长队回到里斯本，疲惫不堪，而堂曼努埃尔在翻找钱包，在罩衫里，在紫貂礼袍的口袋里，在放在车后座的盔甲内，一起放在后面的还有弓弩手的箭和一挺以色列机枪，最后他从落了好多灰的仪表盘里拿出一张用哥特字体写的羊皮纸，警察检查时的态度漠不关心，就好像在看从电影院出来时被大呼小叫的流浪

1 位于葡萄牙港口城市卡斯凯什的堂区。

汉硬塞的助听器广告传单一样。

“这里写着我拥有这个国家。”君王指着相应的文字简单告知对方。

一位穿着训练服、长得像米罗[1]的老人正在人行道上奔跑，他已经临近虚脱，身后跟着一只得了哮喘的㹴犬。在正对海浪的一边，海滨大道的楼房被水中有毒的气味吓得你推我挤，朝着圣阿马罗的公园和加油站的方向逃去，那里还不像沙滩一样已经笼罩在浓雾之下。警察怀疑地瞧了瞧堂曼努埃尔的马口铁材质、镶着塑料绿宝石的王冠，还有他稀疏的头发以及小区狂欢节的服装，之后归还了羊皮纸，从军服上衣里取出一个类似导尿管的玩意儿，顶端还有个气囊。

“你觉得今天是圣徒日庆典吗？不管怎么样，往这里吹气，咱们做个酒精测试。”

当陛下脖子上的青筋暴起，往测酒精的仪器里吹气，这时候瓦斯科·达·伽马注意到，一艘停泊在特茹河上的船正在安装桅杆，他甚至都不需要包在背心口袋里的眼镜的帮助就能看到，那艘船的旗帜也收拢了起来，正在等风以便进入河口，从而前往怪异火山和不可思议的植被居住的群岛。舰桥侧面有个基督王塑像，它朝着海鸥和飞机展开充满悲悯的钢筋混凝土手臂。警察检查了气囊读数，在一份表格上写下情节严重的话，然后绕着汽车慢慢转了一圈，记下违规的地方，然后重新把充满威胁的手肘架在车门卷边上：

---

1 胡安·米罗（1893—1983），西班牙加泰罗尼亚人，画家、雕塑家，超现实主义的代表人物。

“未能提供法定证件，”他开始带着柔和的残酷一一列举，“加上缺少后视镜，缺少挡泥板，缺少方向灯，缺少备用轮胎，缺少排气管。另外还有大灯不齐，停车灯里没有灯泡，还有油的问题，我们的这位朋友一直在往沥青路上漏油，其他人会一头撞上树的。除此之外，酒精测试的结果是喝了劣质葡萄酒。赶紧给我把这堆废铁开到路边，明天会有吊车把它拉到垃圾场，另外我还在警察局里给你准备了不错的房间。”

“我刚才已经告诉你了，我是这里一切的拥有者。”堂曼努埃尔用游丝般的声音争辩着，同时把王冠重新在头上安好。

一只乌鸫从黄杨林里小步跳了出来，穿过柏油马路，带着嘲笑的态度消失在汽车旅馆的斜坡之后。我觉得特茹河闻起来就像你醒来时身体的味道，我爱你，你却无动于衷。民政府的牢房位于一栋装着百叶窗的古老建筑的地窖，这栋房子的院子里来来去去的都是囚车和法庭记录员。我们被关进一个隔间，同我们一起进去的只有解决紧急排尿需求的一个桶，还有一股冷风，让我们的脖子发寒，感觉快要感冒了。隔壁牢房里囚禁的是犹太人安东尼奥·若泽·达·席尔瓦[1]，他写过不少木偶寓意剧，他和瓦斯科·达·伽马玩起了海战游戏，在占据两格的船只位置上作弊从而更快获胜，就这么消磨时间，等待宗教裁判所的神父阴森可怖的来访，那些人头上戴着尖顶兜帽，胸前拿着巨大的十字架，脚下趿着拖鞋，会不定时地来找他，让他的灵魂准备好上罗西奥广场的火刑柱。

1　安东尼奥·若泽·达·席尔瓦（1705—1739），葡萄牙剧作家，因被控秘密信仰犹太教，遭到宗教审判，受火刑而死。

天花板上有一盏小灯防止他们睡觉，伯爵和国王忍受了四十八小时，还被囚车的汽笛声和神父的诵经声吵得烦躁不已，那些神父对进入隔壁异教徒隔间的执着，简直可以和金龟子对尸体的阴森执念相比。当他们已经分不清昼夜，开始陷入今天是哪一天的迷茫猜测，因为怀念船上的日子而心情惆怅，随波逐流，他们被沿着粉刷过的墙壁带走，胡子没有梳理，没洗澡也没刷牙，没有给他们涂上符合贵族身份的精油，也没有让他们和在两格船上作弊的那位赌徒告别，那人现在正忙于写作一部新的滑稽木偶剧；他们被带到一间涂着堕落灰浆的房间，那地方叫作违警法庭，里面有好几列圣器室的长凳，上面坐着好事之徒和无业游民组成的听众，这就是您的人民，您可悲的里斯本市民，陛下，正是这些人于一四九八年聚集在雷斯特洛的海滩，观看我的出航，那些严肃的面孔饱经风霜，那些眼睛里没有希望，那些衣服破破烂烂，这些人民不期望从您或者我这里得到什么，因为他们从来没指望过谁，甚至连奇迹都不指望，他们用没有表情的表情看着我，他们的儿女把他们封进棺材之前也是同样的表情，陛下啊，您英雄的民族，航海的民族，已经被几内亚椰奶造成的腹泻弄得憔悴，他们喝着泥浆水走在莫桑比克沉船后的沙丘上，在马德拉果阿和城堡区的小酒馆里热烈讨论双桅三角帆船的故事，比较陛下您的情人们谁的胸部最挺拔，他们使用的测量标准是有柄红酒杯；他们谈论的对象包括您居住在摩拉里亚的总是赤脚的情人，她有一双听差的大脚；有位侯爵几个世纪前就把妻子派到澳门，让她掌管他自己的绿帽子；一位黑女奴脸颊胖得跟屁股似的，却得到了一枚细银戒指；一个法国丑女人，本来在马赛一家夜总会舞蹈团里只是第二排的舞者，国家却把她安置在拉帕区的一栋别墅里，那地方比大使馆都大，有柳树、游泳池、桑拿房、健身房和七百三十五种各不相同的除臭剂；更别提那些奥地利公主、加利西亚女仆和吉马良斯纺纱厂的女工了，最后这位也许是唯一真正爱过您的人，从来没有要过这个那个，最后她移民去了德国，嫁给了一位长得像狗的鞋匠。

在违警法庭，除了上述那些被摇晃的船头甲楼舷墙所吓住的观众以外，还有一张给油乎乎的法官用的讲道台，法官在抖着长袍上的羽毛，此外留给被告、律师和警卫的地方很少，还有一些办事员穿着弥撒用的无袖长袍，用一根手指打字，传递卷宗，还有就是召唤证人，证人们像山羊一样挤在旁边的畜栏里，那里散发着干草和待梳理羊毛的味道。进去之前，堂曼努埃尔用手帕把王冠擦亮，紧了紧戴在脖子上的紫貂礼袍的金银带，礼袍的衬里印着“登基工作间”，我们俩带着匕首，穿着圆点短袜，他因为担心大权旁落而虚弱，而我的精神乃至骨骼结构都被东方的季风彻底弄崩溃了；在我们之前经办的案件是两个卖鸡妇女之间的争吵，我们之后则是对使用空头支票的叛徒米盖尔·德·瓦斯孔塞洛斯[1]的审判，他会于1640年11月1日被一群不满的贵族刺死，当我们面对身上有羽毛的法官时，他首先让国王出于对法庭的尊敬拿掉假绿宝石，将涂成黄色的管子——也就是权杖——交给押差，这时候，多年以来头一回，我看到了陛下那亚麻般的假鬈发辫子，然后我突然明白，建立

1 米盖尔·德·瓦斯孔塞洛斯（约1590—1640），葡萄牙被西班牙哈布斯堡王朝统治时期的最后一任首相（1635—1640），因为与西班牙人的密切合作而被葡萄牙人视为叛徒。

纪念碑的命令有多么虚无，哪怕在征服世界的过程中，快帆船于锚地建起再多的纪念塔，那也是一样的结果。

一位戴眼镜的先生有语言障碍，他站起身来对我们做了文采飞扬的控诉，把我们说成不负责任的歹毒罪犯，违反的不仅是交通规则，还是民主和人权条例，他重新坐下后继续用带着恨意的、有槽纹的三角眼盯着我们，好似要把我们砍死，对此王上一个字没说，只是用他宇宙之主的威严眼神斜着看了他一眼；他也是以同样的态度聆听交警士气的发言，那人现在的脸色就像焦虑的见习水手，水手是在里斯本的街上被随机选中的，之后被送往萨格里什学习海上信风活跃的奥秘；他以同样的帝王威严忍受着法官，那人像只公鸡一样凶恶地挠着颈背上的囊肿，从高高在上的、被虫蛀的传教台上，他问我们："被告有什么要说的吗？"国王用同样的平和心态扫视无名臣民组成的听审席，整了整肩上的披风，然后才以绝对无辜的平静回答，虽然没有故意抬高声音，但就连法庭里最隐秘的角落、积尘最多的暗格都能毫不费力听清国王无可争辩的清晰语调，连写字台前的打字员和抄写员都被震撼了，哪怕他们每天要悲伤地应付八小时枯燥的通告、传唤和驱逐令：

"我只想再说一次，这里，该死的，一切，都，属，于，我。"

法官忘记继续折磨他的颈背，为了更好地审视他，法官身子前倾，嘴巴张开，手摊开成贝壳状，好似一个失聪者，办事员惊讶地冻在原地，听审席上的失业者一片骚动，那两个卖鸡的女人还在继续永无止境的争吵，她们的围裙下面不时还出现肉冠和彩色翅膀，她们也转过丑恶的、水牛般的面庞朝我们看来，那位彼拉多[1]被这荒谬的宣言搞蒙了，他斜倚在绯红色的绒布椅子上，揉着太阳穴上的脓包，朝一位近视的速记员口述严厉的判决，要把我们交给一座外部的疯人院，以便检验垂死的君主和航海家的脑回路，这两人身上散发着肉豆蔻的味道，锥形的胡子像爱沙尼亚犹太教堂里悲苦的拉比一样。

所以第二天，我们就在一位司法人员的押送下去和另外五十名哥白尼一起，从早上八点到下午三点，待在像是轮船货舱的地方，最里面有个窗口，过一段时间就有一位护士前来，手里拿着一份病历，她叫到某个科学家的名字，那人会把体育报夹在腋下，嘴里嘟哝着十次天文方程式，然后消失在寝舱一般的办公室，那里有一位懒洋洋的医生，像浅色的章鱼一样。

哥白尼们的数量在慢慢减少，他们每人都得到一份处方药，用以对抗地球在公转这一病态观念，最后也是最坚定的那一个尝试用指尖模拟太阳系内行星的运动，而当他被打发走之后，一个来自音响室的声音叫到了我们的名字，法官的助手用鞋掌踩灭廉价烟头，赶着我们走进医生昏暗的忏悔室，在里面的并不是御医，御医精于潮汐推力和减轻产痛的羽扇豆汤，熟于拉开王子们的舌头，以及向贵妇们建议饮用蛤蜊汁治疗扁桃体痛；也不是那位奇怪的理发师[2]，他会穿着过时的长襟大礼服，在王宫晚会上借着吟游诗人表演间隙，用活络扳手拔下臼齿；那是一位外表宽和的女士，她长得就像会为癌症病人募捐

1 彼拉多（？—36），罗马帝国犹太行省第五任总督，判处耶稣钉上十字架。
2 在中世纪的欧洲，理发师很多时候还承担进行外科手术的责任。

的好人一样，她让人把王冠和可笑的权杖归还给了国王，抱歉地说了一句："现在好了，陛下，请吧。"她把适合我们身份的土地、牲畜和城堡还回来了，然后开始谦卑地对待我们，一直在点头，完全赞同我们的意见，她会说"当然了"，会说"这太棒了"，她还会说"上帝啊，这东西哪里还出现过？"她说："的确，伯爵大人，您一定是经过了无比可怕、艰辛的旅程才发现了到印度的海路。"砰！这么一个女医生和我们告别的时候还带着无限敬意："下次再见了，大人们。"她拍了拍我们的背，十分严肃地向我们保证，一边还对着法院的人递眼色："这可笑的意外会马上得到解决，我现在就去给部里打电话。"这位女医生从她治疗有关星星的狂症的办公桌停下来同情地观察我们，这位女医生还在以同样的神情看着我们，这时候穿着白袍的八个大猩猩似的人物扑了上来，把我们摁在地上，用拘束衣紧缚住我们，还用脚踢，天呐，居然用脚踢着我们走过石制管道，经过很多扇铁板门，来到上面写着"保安厅"大字的入口，里面像是没有牛的斗牛场，锁上了十余个插销以防止我们逃跑，然后强迫我们脱掉贵族服饰，换上收容所的睡衣裤和帆布便鞋，把王冠、紫貂皮、迈耶公园[1]的印花背心、我当邮轮船长时的器械都锁进金属柜，用剃刀割掉我们的头发和胡子，最后把我们丢在一处室内庭院，四周有高墙围着，五十个收到处方的哥白尼在里面漫步，他们同样穿着睡衣，手遮在额前，在研究太阳的位置和阴影的长度。

1 1901 年兴建，1922 年起成为里斯本的剧院聚集区和高档文化生活区。

总会有倒霉蛋愿意花钱和女人睡觉，哪怕那个女人像我这样老，这些傻子陪我到房间，爬五层没有电梯的楼，一个个用手紧攒住垂老的、狂跳的心脏，他们先把钱给我，然后把裤子沿着裤线叠好，把鞋子放在椅子下面，在床上坐下，向我请求："女士，我能把头搭在你的胸上吗？"他们像小时候我婶婶那样爱抚我，差不多就是这样，与此同时，他们尽心尽力触摸我阴部干涸的黏膜，还有我身上为数不多的灰白树丛，这并不是因为这些顾客年纪轻轻，他们并不是那些礼数周全的小伙子，从零花钱里省出五百皱巴巴的埃斯库多，他们大都是衣冠楚楚的工程师和商人，有儿有女，领带上镶着珠宝，皮鞋擦得发亮，也有些人是中学老师，离婚后陷入潜伏性的孤独痛苦之中，痛苦还在于吃饭时餐桌上无人陪伴，只有一份周报在红酒瓶旁边摊开。在迪奥古·康离开后的一个月内，我每天晚上要接待五六个这样的人，我像他们渴望的那样，充满母性温柔，因为我一闭上眼睛就会想到海军上将，想象他也赤裸地、毫无防备地睡在我亲切的床单上，与此同时那些人在抱着我，哭着表达他们并没有感受到的快乐，而我则用枕头罩的一角擦干他们的眼泪，向他们保证："亲爱的，生活啊，其实并不像继母一样冷酷，好了，别说这没用的了，明早你起来就会明白的，你会感到焕然一新。"我帮他们穿上裤衩，在黑暗中找到纽扣系到他们的衬衫上，抖掉他们肩膀上的头皮屑，最后一个人离开的时候，他的喉结像潜水管里的乒乓球一样上下起伏，我则铺好毯子以便入睡，把我当心理慰藉师的营收放到墙上圣菲洛梅娜[1]画像后面隐秘的缝隙里，把热水壶用棉外套包起来，然后躺下来，想着第二天的不幸儿一定又会蒙着枕头哭诉这些烦心事，"夫人啊，能不能给我说说，我到底该怎么办呀"，与此同时，在海岸白鸟点缀其中的棕榈林，罗安达的黎明已经来临。

有个人在航空公司工作，他每周二都来发泄被抛弃的丈夫的悲伤，以至于老妇人同情心发作，没有把他领到旅馆房间，而是来到她在岛区砂浆顶的房子，来到这个全是木制窝棚的街区，这里原来住满了宗主国的妓女，革命后她们都消失在丛林、城市或是回王国的帆船上；他因为妻子逃去罗得西亚[2]一家墨西哥掘墓人的公司而感到绝望，在他抽搐的眼泪和水牛般的哼哧声间隙，他给她买了一张去里斯本的靠窗经济舱票，这样她就可以从八千米的高度欣赏远航船行驶的海洋，那是一

1 圣菲洛梅娜，天主教圣人，其遗骨于1802年在罗马被发现。关于其生平的唯一资料来自那不勒斯多明我会的一名修女，自称得到其显圣，告知其原为希腊公主。她被认为是婴儿和青少年的保护圣徒。

2 非洲国家津巴布韦的旧称。

片无色滑润的平面，而不是非洲那种黏稠的像粥一般凝固的水面，简直能将家养动物温顺的脊梁压弯在椰树根部，而我把机票放进钱包，把只穿着短袜的他留在里面，任其就女性惯用的圈套诡计发表长篇大论："女士您要知道，这些婊子有多么忘恩负义，上个月我才把汽车划在她的名下，结果呢，我这就被敲了当头一棒。"我绕着废弃的窝棚转了一圈，现在那里被蝎子、甲虫和攀缘植物完全占领了，我看见一艘小船消失在远处，我看见来自卡宾达[1]的猴子垂吊在芒果树上，它们有着人类一般的眼睛，我看见在夜总会和海鲜餐馆里，螃蟹正在吞食空空如也的橱窗，我说服了安盟的民兵让我通过，为此我在墙后面和负责巡逻的掌管进行了简短的私人谈话，而为了更好地听取我的理由，他仔细调查了我内裤的花边，第二天我就降落在了葡萄牙，这都是出于对老男人的爱，这是个沉迷特茹河女神的人，会在破晓时分到沙滩的碎石里寻找宁芙，他身上会带着一根棍子，用以驱赶水母和其他无用的水生物。

水力公司没人记得有个督察叫迪奥古·康，"都是因为现在的制度，女士您要知道，不给我们足够的时间做行政方面的更新。"船东们都不记得这个名字，只有一位来自纽芬兰的鳕鱼船主紧皱眉头，徒劳地试图集中精神："迪奥古·康，迪奥古·康，我发誓这个名字我听过，您说的是迪奥古·康吧？"在海军的上将列表里也找不到他的名字，在阿尔菲特海军基地，书记员按照字母顺序一一用笔尖扫过之后这么告诉我；我只在中学历史课本上看到了他椭圆形的画像，那上面被残忍的学生

1 安哥拉的一块飞地，原称葡属刚果。

们用墨水画上了眼镜和犄角作装饰，由于失去了对政府部门的信任，我决定要独自去寻找他，去装卸工和码头人员光顾的小酒馆，去摆放着从船上拿下来的蓝白瓷砖的酒窖，哪怕那些瓷砖已经被棕褐色的地蜡弄得肮脏不堪，我的一只眼睛盯着地平线，另一只则看着象棋棋盘，看着城市河边的条状沙滩，在那里，和鲁本斯[1]的女神一样肥胖的宁芙陷在泥潭里，姿势和苍白的、溺死的猫一模一样。

我连着找了他几个星期，从阿尔法玛到佩德罗索斯，一直离水面和下锚的快帆船船体不远，快帆船就和在马尔维拉的市场里卖的瓷盘上画的一模一样，瓷盘用铁钉挂在客厅，摆在布娃娃和消防队员的相片之间。我向海边的渔夫询问他的下落，这些渔民的脚趾都被沥青形成的黏膜粘在一起了，我还问了七月二十四日大街桑树下穿着百合色衣服的异装癖者，但所有人都困惑地用学童的声音重复对我说："迪奥古·康，迪奥古·康，难道不是那个发现马德拉的老头吗？"然后我会耐心地对他们解释："不是的，孩子们，他没有发现什么马德拉，他只不过是个非洲航线的舰长，那个带着国王陛下的船驶入扎伊尔河口的人，不定时回国之后就因为疟疾呻吟起来，因为呕吐恶心而脸色蜡黄，因为身上盖着毛毯和家里所有的外套而感到窒息，发烧最少也有四十一度，直到服用第五或是第六片奎宁，他才能稍微有力气睁开眼睛，他是个可怜的海军上将，口袋里放着红酒瓶，行李箱里放着脏兮兮的刚果海岸图，他也是一位大海的

---

1 鲁本斯（1577—1640），弗兰德画家，巴洛克画派代表人物，其作品强调运动、颜色和感官。

侍从，在罗安达查过水表，呼出的空气里有沉船无可挽回的货舱里耗子的味道。我找到一条以他名字命名的街道，还有他大概的出生和死亡日期，在地理学会的大理石走廊有一个他的半身像，这个形象是个傻乎乎的雕塑师想象出来的，他以为航海家是扎着辫子、女性化了的大力士，是卡帕利卡的同性恋，而不是饱经风暴背叛和不知名疾病侵袭的老人，我在王宫广场周边搞到个小房间，想的是能更好地监视轮渡船司机，我会把落单的水手和身份档案馆的工作人员带到我床上的避风港，那里能看见广场上呈几何形的拱廊和海鸥的翅膀，在亲吻的间隙，我巧妙地打听英雄们的下落。”

然而，我之前从来没有像那个悲伤的时段一样，遇到过那样痛苦的男人，当时回到王国的邮船满载着失望透顶、暴跳如雷的人，他们的行李只有手上的一个小包和胸中无法治愈的酸楚，被原来的奴隶和用羽毛装饰自己的食人者的权威所羞辱。未能成功前往巴西或者法国的殖民者，就像失去了飞行能力的天使，蹒跚地走在城里最凄凉街区的土地上，这些小区里有哪里也不通的斜坡、巴洛克时期的颈手枷和让人晕头转向的阶梯，就连楼房里放着红色花瓶和晾衣绳的阳台，看上去也和郊区的后院一样。偶尔会有一两位热带炽天使，戴着头盔，颈子上围着透明丝巾，拿着杀鳄鱼用的大口径长铳，在我面前脱下让人不适的子弹夹，好几排子弹绑在身上，他们脱下免受丛林毒蛇咬伤的皮革护腿，然后把我扑倒在床罩上，就像溺水者一样，被救生员从帆布外壳里拿出来再放到解剖台上。这时候我会用自己的亲切，用这么多年应付男人的耐心，用这些智慧救活他们，直到他们的肩膀重新膨胀起来，符合他们身份的翅膀再次从墙的一头伸展到另一头，我会用老处女婶婶和外表冷漠的厨娘似的精明爱抚他们，他们其实内心的火盆里依然沸腾着热血做成的鸡汤，直到他们的双眼睁得越来越小，最终完全回归童年的纯真，双唇间发出孤儿般的呜咽，我会用手上全部的力气抱紧他们的腰，轻声用说情话时慢慢讲述秘密的方式问道："我的甜心呀，你认不认识一个叫迪奥古·康的人，他从安哥拉来，是水力公司的督察，也是个酒鬼，总是在各个酒馆流连，他手里会拿着星盘，寻找酒糟的方位角？"

女人用老人特有的麻木与固执寻找着他，对争论和理由充耳不闻，只受激情嗅觉的指引。她在报纸上买了三分之一版面登寻人启事，反复翻阅民政登记总局的记录簿，抱着不可能的希望寻找一张死亡证明书，那样就会无可救药地毁掉她唯一生存下去的希望，毁掉在各个招待所的穷苦中经过了数不清年月的希望，她还去了一家侦探社，那里有位能干的绅士，帽子拉到前额，正在一张转椅上涂指甲油。侦探要求先支付一笔钱，用于买微缩胶片和出城，他在杂志的白边潦草地记录了一下，然后对着电话半抱怨、半咆哮下了些指令，咬在牙齿间的香烟却一点没有晃动。她坐在满是灰尘的房间一角，屁股下面坐着的椅子发出产痛般的哀号，蛾子被她的白裙上的敞胸吸引而来，被这位女客户用手指弹走，她惊讶于这位能干的绅士怎么能生活在这座废楼，生活在无法形容的杂乱之中，却没有得哮喘。过了一星期，她又来了，敞胸部分更多更火辣了，她想要得知搜查进展，却发现夏洛克和蛾子所在的那间屋子，原来是间有坏掉的活动窗帘的办公室，现在变成了一家棺材店，里面满是葬礼所用的菖蒲花冠，还有病人献给上帝以求康复的蜡质小手祭品。一位严肃的女孩穿着直领丧服看守着这家店，旁边有一个祭坛，通电的蜡烛灯在给一位不存在的死者守夜。没人记得那位侦探或是那些昆虫，一位隔着七道门的钟表匠向她保证，他说话的时候要大吼，才能盖过从精工细作的窗户探进来的杜鹃，吱吱声杂乱无章，那人的单边眼镜简直都要镶在额头里了，就像一只可爱的犀牛，他说这家葬仪馆从小区建立的时候就有了，而所谓的侦探社生意只不过是法西斯分子的诽谤，目的就是要抹黑这个街区。女人迷失在指针里，它们宣布现在是白天或者黑夜，根据的是它们疯狂的机制，是它们脱离正轨的创新性，她觉得自己有那么一瞬间丧失了理智的罗盘，搁浅在疯狂的沙滩。

“也许我能在收容所碰到他，总有一天我会被送到那里去的。”站在两个使用罗马数字、像独眼巨人一圈睫毛的表盘中间，她这么安慰自己。

当天晚上，因为确信自己会进收容所，她给一个班的农学生和一位长期追求她无果的老大臣免费提供欢愉，老大臣是被她能进马戏团级别的丑陋打动了心。在她的记忆里，她从来没有如此竭尽全力于床上的工作，迷失在细致的挑逗和怪诞的细节之中，让学生们体会到了将会铭记一生的非凡享受，让重臣差点虚脱致死，但恰恰在最后关头，他被柔情似水的锚地所拯救。但是天亮的时候，她依然和往常一样，独自一人在镀金铁床上醒来，面前是特茹河上的小艇，是没有太阳的一天，车流仿佛在漂浮一般，在软绵绵的神秘阴影里移动。穿过墙壁，能清楚地看见家里的陈设，她以这种方式发现了之前已经知道的东西，那就是人们极力想要保守住虚假的家庭秘密，其实就像藏在羽毛和街道透视法下面的麻雀骨架，在光线的解剖下，各种各样的私密只不过是无情光亮照耀下透明的琥珀。只有一艘停泊在河上的沙特油船顽强地保持不透明，封闭着摩尔人的秘密，上空飞过的是猫头鹰的软骨，下方压住的是善于逃跑的鱼刺。在这样的清晨，在秋日的里斯本惯常的贫血症中，女人发现自己心神不宁，被不可动摇的确信和困惑的预兆弄的，她的脑袋里感觉有文火在燃烧，陷入还是女孩时的兴奋状态，帮助她在房间里找到丢失很久的物品，在记忆之泉里找到隐蔽的储物处。她的身体毫不费力，重新获得了青春期的精准和敏捷，眼睛摆脱了老迈引起的白内障，能够像水晶棱镜一样分辨出一根根的光纤，整个宇宙一瞬间变得触手可及，所以她只用了一个动作就脱掉了袜带和饰品，男人们会怀着急迫的激情冲动爱抚它们；她在窗边穿上一套糟糕的敞胸装，一边透过屋顶的小孔窥探，阿尔卡塞尔吉比尔的捕鱼船组成一支舰队聚集在圆柱码头，这是注定要把我们从西班牙占领下解救出来的金发男孩[1]的命令。她戴好惯常的项链和耳环，上面的银凄惨地暗淡无光，与此同时，下面聚集起一支荒唐的军队，里面有身着羊皮袄的阿连特茹人，装备只有耙和小刀，后面跟着乌鸦的小骨；有阿尔加夫人，伴着节庆里手风琴的节拍前进；有米尼奥人，他们的衣着五颜六色；有山后省人，他们原本在杜罗河的玄武岩上挥舞锤头；还有里斯本的流氓和他们羽绒般的锁骨、棉花般的肌肉。她往脸上扑粉以遮盖皱纹，聆听着爱

---

1 指葡国国王若昂四世（1604—1656），1640年葡萄牙复国后的布拉干萨王朝首位君王，金发蓝眼。

乐乐团演奏的舞曲，聆听王宫侍从组成的管弦乐队用小四弦琴和小号奏响的降E大调，王室的旗帜装饰着这些乐器。她用一道无穷的细线把睫毛尖画长了一点，这时候，堂塞巴斯蒂昂被一群贵族和做燕尾服生意的商人簇拥着，登上了轮渡船“帕尔马人号”，这艘船的船体四周环绕着一圈木制浮标。女人迈着顽童般轻盈的步伐走下楼梯，这栋房子原来是登记局，现在已经变成了妓女接客的旅店，完成这一转变的是个女子气的那不勒斯人，他总是把一个手摇留声机带在身边，还有已故的恩里克·卡鲁索[1]每分钟七十八转的唱片，以及他母亲瓷质带花边的方形肖像。她用肘在人群中挤出一条路，这些无业游民正一边摊开抛掷用的五彩纸卷，一边注视着舰队的离开，她对柴油马达声、维也纳华尔兹六重奏还有吊车滑轮猫头鹰似的悲鸣充耳不闻，只是漫无目的地行走在暗淡无光的城市，这座城仿佛一个没有太阳的日子里的玻璃罐，一件件事情如海底珊瑚般无声进行。她像鳗鱼一样匍匐到达了自由大街，没有花一点时间看剧院海报，哪怕上面说只要花个小钱就能体验脱离两个小时的现实，这可比我所需要的时间多了五倍，我还得长久爱抚，还得用上可悲的双腿，我的腿像章鱼一样静脉曲张。下午两点，终于有一缕阳光照亮了离婚法庭公园的草坪，很快楼房的墙壁变得稠密，人们的思想重新披上了一层暗色胶皮，阻碍了从视觉上理解想法的机制。就算这样，在一只并不存在的手臂的推动下，女人依然没有目的、跌跌绊绊走在里斯本的马路上，走在

1 恩里克·卡鲁索（1873—1921），意大利男高音演唱家。1902年宣布只在唱片上录音。

她自己被回收的尿酸晶体上，这些晶体妨碍了她的行进，让她的脊柱僵硬之后变成了乡下神甫的雨伞，疼痛的伞骨像是石斑鱼的鱼刺。她无所谓地走在路上，想起前夜的农学生，想起被他们被自己的急切吓到，恐慌地像回火陶泥的脸。她进了一间教堂，又从有戏剧性圆花窗的里面出来，因为悬挂在玻璃里受祝福的圣徒像让她分心，画像中的人像是来自一辆幽灵火车，注定要成为含有枝形大烛台锻铁噩梦中的一部分。她在巴拿马领事馆的花园里溜达，那里面有被流放的独裁者，也有在病恹恹的椰树上吟诵失去故国叠句的鹦鹉。她被人看到出现在圣若泽医院没有希望的病房里，在不被发现的情况下出神地看着患者的大鼻子，最后为了放松被硬鞋子磨到麻木的鸡眼，为了用温茶和奶油蛋糕缓和一下心跳，她闯进埃斯塔芬妮雅广场街角的一家糕点店，这间店藏在货船的阴影下，她起初只能大概分辨出桌子和厨房小窗的轮廓，厨房旁边有一只鸢，差不多和人一样大小，正从它栖身的铁丝栖架上飞走。她在一张富美家椅子上坐了下来，有裂缝的椅背顶着别的同样有裂缝的椅背，她正在给茶加糖，用手去够纸巾盒，这时一件大衣的袖子蹭过她的下巴，很快她听见，在她的右手边，有人大声吐了一口痰，痰的外面包了一圈酒渣的光晕。太阳让鸽子再次成为鸽子，树木再次成为树木，隐藏起神经和动脉分支，让它们羞涩地缩回百科全书的荒谬知识之中。在这座又一次顽强凝聚成实体的城市，不再有家族丑事公之于众，这位被关节炎和脊椎病折磨得生了锈的女人转过身来，想要辱骂吐痰的人，却看见了因为数十年饮酒而颤抖的舌头、脏兮兮的指甲和迪奥古·康传奇的胡子，看见被可以让船失事的强风弄乱的头发，看见衣服里酒瓶的凸起，这是为了让无药可治的伤口结疤而准备的，他们从来不谈起这一点，但这些伤口源于对塞壬失落的爱。

水力公司的督察没有认出她来：他的脑空间被野草莓酒浇得狭小，只容得下对旅行和罗安达灾难般的下午的褪色记忆，所以他已经对于脆弱的情感免疫了。他仍然对特茹河女神感兴趣，只不过是以断断续续且含糊的方式，在酒精引起的神志错乱间隙，他会清洗城市里的水池、喷泉和池塘，希望能在有裂缝的石灰石池底隐约看见宁芙像鳟鱼一般闪耀。其余时间，他会坐在公园的长椅上，外套袖口处用回形针别着海军舰长的勋章，他会徒劳地试图分辨出下午三点的星座图。他的身体像困在陆上的海神，在从安哥拉回来后放纵的几个月时间里恶化了：头上出现了脓肿还有大片秃发，瘦了九点六公斤，没法再从百米之外分辨出船只吨位，下牙床只有两颗牙齿残留，呼吸很浅，只能像小鸡一样痛苦而迅速地吐气。女人的胸前起伏不已，她明白，自己爱上的这位航海家正在慢慢变成博物馆里用麦秸撑鼓的蜥蜴标本。然而，她还是在对方不知情的情况下替他的酒结了账，拜托侍者从第十七杯开始把酒换成自来水，还忍耐住他醉酒以后的固执，让人给他上了一份烤肉三明治，他却因为让人厌烦的自尊挥手不要，她跟在水手后面出去，街上报童吆喝着最新一期的报纸，摩尔奴隶着迷于乱哄哄的印度剧，他们朝着市中心小跑，聚集在复国者广场不间断放映的电影院。借助她长久以来操纵单身男子的丰富经验，她成功把他领到王宫广场的一个小角落，阻止他再进小酒馆，沿途的酒馆就像奶酪上的霉菌一样快速繁殖，也阻止他再进食品杂货店，我们过去经常躺在那里面装豆子的袋子上痛饮青酒。

她刚让因为喝了几杯自来水而不明原因酒醉的他睡下，那群农学生还没有从高潮的麻痹中完全恢复过来，这时就开始敲她的门。那是十来个腼腆的学生，眼睛看着地面，四肢一直在犹豫不决地画着圈，他们站在楼梯平台默默地看着她，眼里带着坚定和浪漫的爱意。年龄带来的损耗和她对男性弱点的认知让她没有感到惶恐：她安静地帮发现家盖好小花被单，那是她在没有恩客的下午绣出来的；她给他身上的绿色脓肿抹上硫黄粉，在颈子上斑秃的部位涂上栀子花洗液和苯酚酸，走向楼梯间的时候拿下灰白辫子上的发卡，拿下塑料珠宝和三打珊瑚手镯，用同情的手掌抚过离她最近的那位农业科学家的脸颊，这双手给我们提供了纯真的有关还愿物的梦，放松了我们悲伤但鲜活的肉体边缘，那个脸上有雀斑的金发小子被燃烧的欲望所点燃，然后她友好地抬了抬下巴，示意我们离开：

“我丈夫正在那边睡觉呢。”

那群失望的青少年消失在楼梯间，前去寻找另一位单身妓女，前提是那人不再用一个大胡子伴侣的存在吓唬他们，这之后她立马用钥匙锁了两圈，避免再有不合时宜的访客打扰，她把古怪的戒指在梳妆台的大理石台面上一个个放好，在顶灯照耀下，这些戒指反射出狂欢节华丽的光芒；她把有神效的敞胸装套在头上，从她整整一排的胸衣上取下玫瑰花边，隐没在一件男式土耳其长袍里，那是某个客人几十年前丢在她罗安达家里的，她之前也一直忘记了这件事；她在床垫边缘躺了下来，身旁就是舰长，只不过她尽量保持着距离，以免打搅这个好斗醉鬼的清梦；她按下电灯开关，安静地待在黑暗之中，连碰他一下都不敢，只是透过窗帘间隙窥视着河水灰色的色斑，水中倒映着下锚的桨帆船，还有宁静的威严之中堂若泽[1]的塑像，骑着马奔驰在自己模样的倒影之上。每过几分钟，迪奥古·康就在梦里被酒醉的毒蜘蛛和蛇袭击，他呼噜打得更响，同时还在用拳击打不存在的蜥蜴，而她则安抚着对方，在他耳边低声哼唱灯塔看守之歌，轻声细语，说些哄孩子时用的无意义的词语。房间里充满了海湾的味道，里面有虫蛀的木头和打湿的船帆。地面像大难临头的早晨的甲板一样摇晃。她的舌头上有海带和发出磷光的泡沫的味道，在交织着她悲伤的欢愉和慈悲的爱抚的床上，女人肚脐眼朝上躺在上面，正独自淹没在惊讶和迟钝之中，仿佛好几个圣诞节都提前到来了。

她五点不到就被下口令的声音惊醒，这个声音穿透了整个房间，一直传到楼房外面的街道和广场，迫使她马上睁开茫然的眼睛环顾四周，眼睛里依然笼罩着欢好后的疲惫。在她面前站着的是海军上将，他的一只鞋套在手上，络腮胡凌乱无章，外套的纽扣随意乱扣，借助通常早晨才有的清醒状态，加上前夜喝下那么多杯水的清洗作用，他盯着她看，他的瞳孔穿透了我的情绪和感情，转过记忆的街角，打量起我在罗安达岛区那间贫寒的妓女房间，两棵纤瘦的棕榈树中间挂着晾衣绳，视野中一位特茹河女神也没有，一笼鹦鹉在阳台上唧唧喳喳。

迪奥古·康像摇晃甲板上的水手一样迈出两步，就此舍弃了自己身为水表督察和夜间乞丐的记忆，只记得自己得到了倒霉的贫民区里一位老女人的怜悯，他马上把安哥拉的夜总会和走错步子的舞娘丢进了忘川，找回了掌控罗盘玫瑰上的千片花

1 堂若泽（1714—1777），1750 至 1777 年任葡萄牙国王。

瓣和礁石上的黑水牛的航海能力，他从窗口探出身子，外套缝边在膝盖处飞舞，他把身体靠在窗台的舵轮上，稀疏的头发朝着塞沙尔[1]，他对着下面的广场大声呼喊，惊着了拱廊里的乞丐和残废，他们正穿着女式短上衣，在海鸥的宁静包裹下打着瞌睡。

“船尾有裂缝，准备小艇。”

他的声音里依然保留着往日的威严，他曾经下达过完全违反航海逻辑的操作命令，强迫船员毫不犹豫地遵守，那些船员都相信那个咆哮的声音可以领导他们。他曾经孤身镇压了暴动的雇佣兵，只是抬了一下眉毛就让男爵降服，让不听命令的水手长自己走上桅杆上的绞刑架，也许值得补充的是，那些人的圆鼻孔都会对着他的方向。然而，女人却待在床上没有动，房间钥匙藏在床垫的缝隙里：她看见一群鸽子被探险家的喊声迷惑，开始绕一个椭圆形的圈。她看见堂若泽的雕像加快了停滞不动的奔跑。她看见城堡海岸的房顶像受伤的犀牛，怀着破坏性的恐慌，从阿尔法玛往外你推我挤。她在房间里闻到了氢硫化合物的不祥气味，那味道来自下着暴风雨的海面。她看见一道闪电从屋顶下来，将一个瓷夜壶劈得粉碎。瓷烟灰缸和锡瓶从她唯一的碗橱里掉下来摔碎，她也忍了下来。她用力抓住床头柜，以免被床单的台风波及打到墙上。她一直保持着完美的平和，刚刚从战斗的床罩下方露出身形，解开扼住脖子的窗帘，她就用平静的六个字直刺风暴中心，就像往井里投了一颗鹅卵石：

“别胡说八道了。”

---

1 葡萄牙塞图巴尔区的一座城市，位于里斯本以东。

迪奥古·康惊呆了，在她的音色里，他感觉到了某个很久远的口音的海螺回声，他重新看到童年时的自己，梳着丸子头，正面对一位鬈发的、披着围裙的女士，她的下巴和他一模一样，正在厨房的柴火炉旁边，对着他指指点点责骂。他赶紧关上窗户，因为困惑晕头转向，只是怀着畏惧斜眼观察这个女人，在他七十一岁的时候，这个人突然将他过去的透明纯真还给了他，原本这纯真已经深埋在轻盈的花边做成的防腐液之下，同样枯萎在里面的还有打陀螺时的狂喜，还有最初的几个女朋友腼腆的流着汗的手指，但他面前的这个女人却是个丑陋的生物，被无情的岁月侵蚀，她隐藏在铁床上飓风般的衣服里，好像生气时的母亲一样皱起额头，准备好像母亲一样，在温柔眼泪的沉船里融化。

虽然不知道该做什么，但是却知道该做什么就得去做，他让鞋子掉了下来，落到地板上发出的声音像是空了的饼干罐，他脱下一只红蓝线条的袜子，展露出海军上将鹅爪一般坚硬的脚，像河中的蹼足动物一样跳着走到我身边，等待着和往常一样的斥责，对此他已经感到后悔无力，同时他还试图盖住衣袋里的红酒瓶，以免再遭更加狠厉的责骂。和所有这个年龄的男孩子一样，他身上有口香糖和人造黄油面包的味道，因为智齿还未长出，他还没有获得成人时杠杆似的畸形下颚，他拥有百岁少年的无尽活力，鼻子和嘴之间茸毛还没长成，还遍布着青春痘，还有他呜咽时收缩的喉结，这一切都让我感到难过。他还一点都不知道，将来他会率领着远航船沿着非洲的悬崖峭壁行进，在沙滩上立起发现碑，他还在偷偷设想自己能尽快长大，成为旅馆前台、电报投递员或是宇航员，那种头朝下、在月冠的尘埃里游泳的宇航员。堂恩里克王子只不过是历史书里一篇高尚的英雄寓言，里面描绘的王子有浪漫歌手的胡子，戴着宽边帽，坐在壕沟内壁的海角边缘，往海浪里抛着纸船作为消遣；他也没有梦想过将来会认识堂若昂二世，公立学校里的老师站在铜锌合金十字架下面的黑板前，信誓旦旦地说这位国王是个变态，曾经将中学生惯犯满怀恨意的残忍用刀发泄在堂兄弟身上[1]。等到吉尔·埃阿内什到达了博哈多尔角，他开始看不上电报投递员的职业，而是想要成为一名职业桌球选手，能够使用巧克粉，嘴里叼着雪茄，让附近炮兵营的士官们大吃一惊，他们只会击出坏球打到茶花女的胫骨。在最后一年，他因为迷上了绦虫的偏头痛正准备去学当兽医，却在家里接到王宫寄来的一张免收邮资信，征召他去参加兵役体检，然后他和其他八百位平民一起，在冰冷的体育馆待了一上午，赤着身子，冷得打战，看着大雨打在兵营的铁皮屋顶上，一群拿着听诊器、戴着中世纪头盔和上尉肩章的理发师测量了他的胸围，“吸气”，那人听了听，“胸腔吸满气，然后就别动了，该死的”，检查了他的扁桃体，摸了摸他阑尾炎留下的伤疤，确定没有疝气，然后就给了他一份前去萨格里什的指南，在那里他会开始了解大海，接受一名脾气暴躁的下士指挥，那人身上散发着沉船的霉味和香菜面包汤的香味。

接受训练的几个月里，他只学会解开绳结和在舱口跌倒，在这期间，历史书上的那位王子时不时会带着海军上将、神

1 1483至1484年，若昂二世出于增强中央集权的目的处死了数位王公大臣，其中包括他的堂兄维塞乌、贝雅公爵迪奥古、二代堂亲布拉干萨和吉马良斯公爵费尔南多。有说法称若昂二世亲手杀死了迪奥古。

父、天文学家和地理学家组成的随从来看望他们，了解新兵在诸如躲避冒烟的怪物和迷惑呼啸的飓风这些高难度技艺方面有何进展。司令官的勤务兵匆忙地在阅兵殿中央安放了一张布满流苏的王座，王子展开羊皮纸，时不时还参阅对开本，他对我们宣讲天上星辰的摩尔斯电码，如何给截肢者绑上橡皮筋止血带，如何用杜鹃花粉消灭货舱里的老鼠，黄道十二宫对塞壬性行为有何影响，还有散居在阴森大海上的岛屿为什么重要，哪怕这些岛上有脸上用漆涂色的印第安人，他们口袋里装着淬毒的弓箭，躲在猴面包树后面虎视眈眈。就这样过了一年以后，迪奥古·康就已经在探索摩洛哥的沙滩，回避成群的章鱼和沙丁鱼那银白色的阴影，他开始沿着非洲海岸前进，帮助他进行计算的是一位疯狂的数学家，那人靠手上的对数表给他指路。

在黄铜十字架停止呼吸的鱼嘴下方，公立学校的教师袖子靠着放粉笔擦的架子，曾经描述过的那些没有具体形象的人物，现在渐渐走进了他的生活，活生生的他们和墓石上悲惨的雕像一模一样，会用讽刺诗里的讥讽语气和我亲切谈话，有时他们刚从坏血症和无尽的痛苦中归来，在拉古什[1]的军官食堂玩扑克，面前摆着一杯威士忌；有时是在王宫的晚会上，在树脂灯的照耀下，他们和气地打发无聊的时光，大型猎狗在阿拉约洛斯地毯[2]上撒尿，他们则得聆听国王无趣的笑话和吟游诗人无穷无尽的法多乐曲。正是在这些全是娘娘腔侍童且灯光

1 葡萄牙南部滨海城市，大航海时代葡萄牙航海的中心，恩里克王子大部分时间居住于此。

2 阿拉约洛斯是一座位于葡萄牙中部阿连特茹区的小镇，从中世纪开始生产的羊毛毯，其风格受波斯地毯影响。

昏暗的静寂夜晚，他结识了家庭教师埃加斯·莫尼斯[1]和他脖子上套着绞索的孩子们，对着金枪鱼布道的圣安东尼奥，一直在螺旋圈笔记本上做记录的宫廷史官费尔南·洛佩斯[2]，多种题材作家和政治家若昂·巴普蒂斯塔·达·席尔瓦·雷唐·阿尔梅达·加勒特[3]那让人神魂颠倒的眼睫毛，还有堂福阿斯·胡比纽[4]，刚和他说了五分钟话就问他借两百埃斯库多，其身后跟着一个叙利亚保镖，那人腋下夹着一挺机枪，右肩上的文身是十字刻上的“阿尔明达”四字。在第二次旅程中，他继续接受疯子蛮不讲理的乘法算术的指引，成功将他的远航船带到了几内亚河口，那里漂浮着凯门鳄的大嘴和矮人的粪便；他平生第一次看见正在往身上抹十一点钟的防晒霜的塞壬，回来的时候他在达丰多[5]靠岸，被酷暑晒成了烧成灰烬的橄榄树的模样，他一头扑进喜气洋洋的王子的怀里，王子的胡子散发着阿拉密斯[6]般的亲切与温柔。

他连着航海了数十年，一直升到海军上将的位置，把自己和床头柜上的一叠阿加莎·克里斯蒂的小说一起关在寝舱，与

---

1 埃加斯·莫尼斯（1874—1955），葡萄牙精神病学家和神经外科医生，现代神经外科手术奠基人之一，1949年获诺贝尔生理学或医学奖，是第一位获得诺奖的葡萄牙人。

2 费尔南·洛佩斯（约1385—约1460），葡萄牙史官，著有三位葡王堂佩德罗一世、堂费尔南多一世和堂若昂一世的编年史。

3 通常简称阿尔梅达·加勒特（1799—1854），葡萄牙作家、政治家，葡国浪漫主义文学代表人物，也是著名的花花公子。

4 堂福阿斯·胡比纽，生卒年不详，传说中是首位葡王阿丰索·恩里克斯的好友和葡国首位海军司令，但最为人知的是他作为拿撒勒传奇中的主人公，故事里他骑着马为了追逐一头鹿面临跌下悬崖的险境，但因及时向旁边的圣女像呼救，马奇迹般地停了下来。

5 葡萄牙奥埃拉什市的一个堂区。

6 法国作家大仲马《三个火枪手》等三部曲小说中的人物，外表文弱秀美，举止谦和，但战斗中毫不留情。

此同时数学家咬着旁边小桌上的铅笔头，继续进行他无畏且晦涩的实验。他发现又丢失了无人居住的骨状群岛，上面只有一只小鸟平平无奇的叫声；他躲开了成群的鲸鱼，它们像悲伤的小牛一般不停哞哞叫，也躲过发光的鳐鱼群，这种鱼会在水中放电，让头发不听梳子的使唤；他看见整船水手被不知名的热病打倒，这种病会让人皮肤发蓝，让阴囊变成长满脓的小口袋；他得过霍乱、痢疾、脚气，被可恨的臭虫蜇伤过，还得过疟疾、思乡症和食道静脉曲张；他因为研究未知恒星变得衰老，这样做的目的是精确测定方位基点，我第一次遇到他的时候是在罗安达，在城中心最便宜的夜总会，当时他的外貌三倍于实际年龄，他一颗牙都没有了，只是往颚骨镶上了塑料门牙，在他用遥远的头音说话时吱呀作响。自从他为了追逐特茹河女神放弃了岛区的那个家，微小的海上花开始在墙壁缝隙萌芽，并且不难见到一大家族龙虾穿过早晨睡意尚浓、静止不动的光线，用核桃夹子一般坚硬的前爪摆弄起家庭用具。快帆船上的猫儿在安静的壁橱里酣睡。雾气蒙蒙的下午，五斗橱的关节噼啪作响。一只水母在坐浴盆里吹着口哨。而我害怕从床上起身，像珊瑚一样在铜色的鲈鱼和害羞的比目鱼中间盘旋，这些鱼徒劳地想要挤进针织圆垫中间。

然而女人只需要坐在草垫上就能看见水手，他在外面，卷着裤腿，手指勾着靴子，出神看着溅湿了他的脚的黄色淤泥。女孩们从木制棚屋里出来蹲下，用膝盖勾住连衣衬裙，排泄出稠密的晨尿。海湾的鸟儿在淤泥里啄食，捕鱼船的马达让污泥也颤抖起来。老妇人在王宫广场的这间小屋子里合上眼皮，像把自己毫无价值的记忆一起锁进箱子里的人一样，这些记忆包括汗淋淋的酒吧、咖啡种植园工头的拧掐捏打、满是故障水箱的厕所，还有离我太近的、镶着巨大金牙的嘴里的臭气。她闻到带着海味的鸡汤，这味道被特茹河上小拖轮的柴油味污染了，她用食指拉好被里斯本的喧嚣震开的床单边缘，听到自己用调整过的、比现在年轻很多的气声对迪奥古·康说："你还在等什么，怎么还不脱衣服？"

海军上将盯着躺下的女人，绸缎床单和长毛绒毯子束缚着她，他又环视了一圈她贫苦的妓女房间，墙上歪歪斜斜钉着一些可笑的玻璃珠画，透过她肩膀上方，可以看到繁忙工作中的起重机和漂浮在河中的小艇，他的目光转回面前躺着的生物，一点一滴注意到，她的双腿没有活力、满是皱褶，头发稀疏、脸颊干瘪，乳头和得病的核桃一模一样，鸵鸟腿被变形的高跟鞋弄得畸形，但是他未能把她和罗安达那只沉默寡言但充满慈爱的癞蛤蟆联系起来，一是因为，一坐上回王国的船，他就立马把她忘记了，二是因为，岁月和劣酒已经将他的大脑变成了某种沙地平原，上面施了成堆的鸟粪，居住着穿着红色袜带的水精，这些水精在综艺表演的舞台上张开她们肥胖的膝盖。然而他还是没法不服从这个声音的权威，她在枕头上说让他脱衣，他就开始把衣物叠放在椅子背上，这是视线内唯一的一把椅子；他从大衣开始脱，这是一名酒吧门卫给的，而那人又是从他最好朋友的妻子那里幸运地打牌赢来的；再到防水帆布内裤，那是经常遇到暴怒台风的航海家所用的；直到他身上只剩下害羞的双手遮掩着沉睡的性器，结石顶端凸出了皮肤，还有沿着脊椎的一排苔藓花瓣。

就这样，在这么多月过后，我再一次看见了他，全身赤裸，骨瘦如柴，一如当初他在非洲睡在席子上的样子，席子铺在厅里或是阳台上，本来是为了晒木薯，而我在门口偷看他，身上因为椰树的糖月光黏黏的。他的膝盖抖得更厉害了，手指盖在皱巴巴杏仁模样的睾丸上，像钢琴一样晃动，嘴上因为干掉的口水和上周吃的乞丐午餐形成的痂皮而开裂，尽管我的爱人还是很顽强，但他更像一位没有年龄的流放者，在收容所的围嘴上面戴一顶高帽也不违和。

迪奥古·康关上对着特茹河的窗户，让油船、三桅船和残疾人（他们抱着小提琴藏身在广场各部门的拱廊下）都变成了光线漫散的剪影，家具则像从印度回程的船舱里摆放整齐的箱子一样升高了。有那么一瞬间，他觉得自己也要悬浮起来，失掉重量，像一场自杀悲剧一样，在彩虹色的空气里，一张铁床像抛锚的鸽子一样舞动。然而，因为他的双脚还能感觉到来自地板裂缝的摩擦，他身处世俗陆地的状况无法改变，腋下和腰部曲线处都没有长出鱼鳍，他的惊恐程度越来越深，以至于发出无助的呻吟：

“现在我该干什么？”

他本可以开窗从而恢复白昼，让起重机、信天翁和车辆往来的声音回归这个房间，他本可以开始检查马德拉果阿的水表，走过成桶的鱼和涨潮倾倒在人行道阶梯上的垃圾，他本可以从衣袋里拿出酒瓶，这些酒瓶在他脑袋里用作显像器，会向他展示记忆抽屉和解脱办法，那都是没有葡萄酒的帮助就找不到的，然而床的尺寸每分钟都在变大，直到阻断了他出门的路，伴着放在上面的罩衫的响声，将椅子撞倒，将圆球形把手的五斗橱挤裂，占据了镜框和船只轮廓的空间，迫使他用茫然不知所措的鸵鸟步退了几步，手肘抵住他最私密的地方，直到驾驶着床垫的女人给了他一个慵懒的眼神，用一个邀请偷走了他苦恼的蒸汽：

“过来吧。”

迪奥古·康本来觉得，按照天意自己只会爱上忒提斯[1]，他从来不曾相信，那些拥有巨大乳房、金属鳞片和格陵兰鳕鱼尾巴的生物，那些被他的水手长们送来，给他在卸货和修理的数周时间里解闷的生物，其实是戴上了人工卡片纸的港口妓女，他准备忽视女人的建议，从而不背叛他一直以来酷爱的那群塞壬，她们的头发里有蛤蜊，腰间拴着一圈螺蛳。然而，那张床一直在威胁着要推倒隔间的墙壁，毯子不断鼓起，老妇人脸上的笑容越发灿烂，大小便在壶里翻滚，一张丘比特的画像从钉子上松开，像秋天法国梧桐的落叶一样，很快被阿拉伯风格的黄铜玫瑰给压坏。由于喝了太多自来水，这些超自然征兆被赋予了可怕的规模，女人又带着洞穴里哮喘般的叹息声强调了它们，这一切最终让他做了决定。就像在无风时段他那远航船停在原地，迫使他只能和驾驶员们来一局让人失望的桥牌，那个熟悉的声音虽然让他无法辨别本质和来源，却同样会推动他爬上那张无限大的床，只是那里没有惯常的宁芙抱怨着：“哎呀小伙子”，像鸡棚里的公鸡掉羽毛一样掉下涂色的鱼鳞，现在躺在那里的是一个无形生物，正在对着他微笑，在过度浓艳的口红背后，这是一个属于小女孩的笑容。

---

1 古希腊神话中的海洋女神，本为宁芙仙女，却嫁给了凡人帕琉斯，并生下阿基琉斯。

走廊上贴着绘有共济会标志的瓷砖面板，那里时不时会有脚步声响起，他们会敲一下门，等待一会儿，再敲一次，然后伴着越来越小的抱怨声离去。有一位客人重重地捶着旁边房间的门，就好像是在给出轨伴侣的棺材钉紧盖子，丈夫下班回来却发现受惊吓的女人正坐在水管工的膝盖上。鸽子通过在楼顶的雕像上互啄来寻找对方，有个喉咙在不确定的阁楼某处咳嗽。迪奥古·康感觉到一只手掌抚过他的前胸，挑逗着他，掐捏着他豌豆果实一般的乳头，停留在他得了疝气的肚脐眼，还有他从来就没有痊愈的热带病伤口之上。她的手指碰到了阴部的龙骨，像舌头舔着口疮一样长久地停留在那里，直到最终找到了它，细小谦卑的它萎缩着，成了躺在大腿上再无知觉休息的破布，女人徒劳地花了几个小时都没有将它唤醒。

窗户慢慢暗了下来，房间消失在黑暗之水里，弥漫着我的润肤霜、我的发胶、我的指甲油和我的身体乳的香气，但对我来说，唯一存在的味道是海军上将身上来自海角的水汽，是让他的小胡子倾斜成沙丘上松树冠一样的飓风味道，是他支离破碎的牙龈上蛀蚀空洞里的津液。我靠着他，让他缆绳一般的手臂筋腱紧紧抱住我的脖子，我开始一个个探索他身上数不清的缺口，在他身上遇到的大小海湾和渔村，比我平生碰到的无数水手身上都要多，这里面甚至包括那些威尼斯人，他们给我带回了沉默的贡多拉作礼物，还有共和国执政官埋在水底分解了的宫殿，还有地下室走廊大理石上的圣徒和主教画像。

夜晚刚刚开始在房间里溶解，化成没有重量的小块布料，七点钟的渡船排出的气体就将它们吓跑，女人已经不再期望自己纺织女工般细致的手艺能获得好成果，却突然搁浅在航海家巨大的、料想不到的骄傲桅杆上，那根杆子和肚子垂直高耸，所有的船帆都迎风展开，贝壳也发出葫芦一般的回响。当她惊奇地抚过这根航海纪念碑似的阴茎，上面装饰着勋章和回声，她害怕自己会感觉到一股比她的子宫强大得多的能量，被它击穿，无可挽回地失去她的四肢，就像在化身为玉米地的床垫上发生的阿拉伯式的刑罚。震惊于那无限的力量，她试图远离，从床单上爬走，但是水手突然用手抓住了她的屁股，所用的力气之大，可以和三十年前操纵在暴风雨中失控的轮舵时相比，在离他脸颊几厘米的地方，她经受了对方的一股气息，里面有脚气和消化了的酒糟的味道，最后她发现，自己还是被一根硕大无比的绳索刺穿，那玩意儿在她体内摇晃着数十面快帆船上的皇家旗帜。

那是一个难忘的清晨，并且持续了一整个早上，一直到午饭时间，无人理会偶尔的敲门声、广场上盲人演奏的六角手风琴声、邮船的马达声或是屋顶电视天线上鸽子无休止的交谈声。这是一个无言且持久的清晨，虽然有外界的噪声，但是窗帘帷幔已经将其转化成了狂乱和声中间断的和弦，这是一场温柔的战役，我的身体连续受到炽热的砍刺，这是一轮无休止的大潮，让我必须握紧床边的扶手，直到最后一击把我从床垫上的甲楼拎起，用过分的扭动举起我的躯干，一片沸腾的白沫在连续的爆炸中淹没了我的内脏，他富含酒精的浆液浸湿了床罩，这时旗帜才失去光泽，海螺停止了呼啸，女人发现自己身边的人平静下来，变回了罗安达岛区酒吧里那位无害的瘦老头，他的身上充满酒气，受到对特茹河女神迷恋的侵袭，头发蓬乱，躺在枕头上露出塑料犬齿，摆出傻瓜的表情看着她。

她有一位周五的常客在圣母区当海关发货员，十二年前离婚，会以低价获得在我怀里痛哭流涕、抒发独自居住在洛里什市内公寓的绝望之情，正是他在慈善广场租了一间房给她，换取每周两小时的时间抒发和他无可救药的忧郁相关的感情。迪奥古·康被叫来做参谋，他认可了这个房间，因为隔壁小厅是个存放扎伊尔[1]的地图和保存变形了的星盘的完美地点，他也很喜欢旁边的教堂中世纪的钟声，仿佛总是在烟囱顶上宣告一场火灾，或是一场公主的婚礼，他更是因为高区小酒馆的数目而欣喜若狂，在那里，他会屡次碰到诗人安东尼奥·杜阿尔特·戈麦斯·雷尔[2]，那人肮脏的大衣上插着白色山茶花，会用吟诵共和国的亚历山大体诗歌[3]赊账，换取小心忏悔用的酒，那人愿意帮他在淡水渔民的筐里寻找阿佛洛狄忒，两人双腿晃得站不直，小眼睛的眼神却很敏锐，有时这会让他们和愤怒的文盲产生冲突。王宫广场的小隔间回归了它原本的职能，一座充满母爱抚摸的苏丹王宫，还有以米计算的慰藉管道，每天下午和晚上，带着模范职员的道德责任，老妇人从慈善广场和十三世纪的回音那里下坡，方向是圆柱码头的残疾乞丐，在途经的第一个小食店把海军上将丢下，杜林标[4]的余烬会让他变红。一个小时后她会准时把他接回，那时他已经坐在人行道上，散发着酸樱桃酒的臭气，开始唱见习水手的叙事曲，走音

1　刚果民主共和国的曾用名。

2　安东尼奥·杜阿尔特·戈麦斯·雷尔（1848—1921），葡萄牙诗人和文学评论家。早年过着花花公子的生活，但母亲去世后陷入贫困，甚至成为流浪汉。圣母堂区有一条街以他名字命名。

3　每句十二音节的抑扬格诗歌，第六音节后要求有顿挫。

4　蜂蜜和香草口味的金色利口酒，原产苏格兰。

的程度可怕至极。

接下来的那周，在诗人戈麦斯·雷尔的建议下（有时他俩会一起唱海上小夜曲，这歌声固然让塞壬神魂颠倒，却让附近居民深恶痛绝，因此会把洗衣服的水倒到他们的草帽上，还威胁说要去叫警察），迪奥古·康要求女人陪他去印度使徒旅馆，从而拿回航海日志、平面星座图和其他国家机密，王宫任何时候都可能把它们收回，然后在某个皮箱的一角慢慢散架，受一个长得像阿拉贡[1]间谍的胖印度人摆布，在一个小房间里睡着二十七个人，他们沼泽般的呕吐物和夜间的湿气里长出的真菌都混到了一起。

手拉着手，他们在这混乱的年纪互相支撑，听着岁月像知了一样在他们耳边嗡嗡响，忍受着生锈的关节带来的赤贫，他们从无花果树广场卖劣等货的集市开始，沿着凄惨的雷耶斯海军上将大街前进，一路上欣赏着典当行里大猩猩形状的领带别针和矫形凉鞋，仔细研究咖啡馆里的白兰地酒瓶，惊讶于汽车展台上的角鲨，旁边围了一圈勤快的销售人员，都穿着苏丹领事般的服装。那里有几十家店，眼镜店里架起了视力表，理发店里头盔一样的烘干器给人国产航天飞船的奇异观感，有的店售卖装在笼子里的仓鼠和小狗，还有把门对着街开的摄影师，他们给孩子们化上乡野殉道者或者布列塔尼新娘的妆容，并强迫年轻女孩照侧身像，头上戴着纸花，摆出蛇蝎美人的姿态。到了某一时刻，在一处像是被拆毁，其实还在修建的楼房拐角，那地方藏在因布满灰尘而模糊的挡板后面，在荒废的楼

---

1 伊比利亚半岛古王国名，今西班牙东部地区。

房阴森半透明的守卫之下，迪奥古·康跟着电车轨道转到一条辅路上，那条路上唯一的橱窗属于一家卫理公会书店，展示着祈祷书和虔诚文学，而面前的这座建筑有繁密的分枝吊灯，从上面滴着丁香色的小镜子和胶木坠子，他阻止女人因此受到惊吓。他们到达了倾斜的圣芭芭拉广场，那里都是无人光顾的作坊和前一天卖不出去的蛋糕，他们沿着斜面的顶点小跑，侧着身子穿过墙上的间隙，进入一片被军号吓一跳的荒地，腿上因为碎砖头和没防备的小石子而摔伤，他们大步跨过满是灌木的小山丘，接着就发现自己被太平梯和房屋后方给包围了，阳台护栏贴着墙上的节疤，旁边就是印度使徒旅馆的台阶，方济各·沙勿略先生刚刚猛地撤掉睡衣，把摇椅拖到前厅门口，迎接六点钟的凉意，他的头顶是一亭子受惊的金翅雀。

旅馆是一块缺乏整理的立方体，因为时间久了漏洞百出，顶棚有石膏做的丰饶杯和圆形浅底框，屋顶是洛可可风格，房梁可见，外面用卡片纸板包着，无人的走廊里回响着溶洞般的声音。尽管她做妓女已经有很长时间，见惯了赤贫如洗，也看多了坎坷失意，或许是出于习惯，或许是因为恐惧，又或许是源于某种奇怪的自尊与羞耻心，这些从来没人提起，但是在我的记忆里，还是找不到什么能和这天下午目睹的贫苦相提并论，在猪圈一般的顶楼房间，人们的鼾声一个盖过一个，孩子们在房间角落啃咬着蟑螂，恭顺的混血女人瘦到几乎可以算是不存在，还有数十件晚礼服，上面的亮片散乱，撕破的地方用粗线补好了，悬挂在阳台拉手上。一位东方贵妇穿着凉鞋，脸上有个胎记，她领导着那群呆滞的教民，她们无家可归，因为非洲热病和溃烂的脓疮发颤，像黑暗中的咖啡树一样。航海家去三层原本是舞厅的屋子取回他的航海珍宝，她在等待期间踱步来到挂着炽天使画像的食物贮藏室，用嗅觉寻找热带露水和蜱虫，还有邓博斯[1]红蚂蚁所走过的轨迹，这种虫子会在黑暗里吞食梦中的甘草。

紧接着里斯本革命的那段痛苦的日子，她在安哥拉的时候经历过，现在她似乎再次身临其境：多场战争中加农炮的爆炸声，机场和码头吓坏了的人群，没有顾客的夜总会的晚上，伴着垂死的碟片里的旋律，唯一的康康舞舞娘对着衣帽间管理员老太太搔首弄姿，老太太会给艺术家有息放款，她鼻尖架着眼镜，正对着圆毛线全神贯注。海港变得像是一家古董店，在那里盘腿坐着一个个大家子，在贪婪的装卸工的注视下，在阿拉伯风格的盥洗用品中间，他们等待着下一班三桅船。她还保留的对王国的记忆颇为黯淡，只是一排桉树和音乐台，周日乐团的笛手在上面不停弹奏，接着很快就被别的东西取代：成百上千的衣柜、破洞的锅、搪瓷脸盆，还有耶稣圣心的浮雕，这些东西都出现在集市上，那里全都是听天由命的原子弹爆炸受害者。在罗安达的大街小巷寻找迪奥古·康的过程中，她带着忧伤看着荒废的住宅，火车公司的职工把铁镐扛在肩头，注视着火车失事场景时，想必也是一样的心情。一阵带着臭气的风卷起城市小巷里的垃圾和纸片，然后把它们溺死在没有水的游泳池，唯一的灯光在马赛克砖上爬行。穿着古巴军服的黑人捧着机枪争夺着圣保罗城堡。稠密的黑暗窒息了海湾的棕榈树，又变魔术一般藏起没有电力的街区，只有壁虎的眼睛能够看穿这

1 位于安哥拉北部宽扎省的城市名。

黑暗，整个平原的棺材都在狗吠声中被埋葬。

海军上将回到印度使徒旅馆的门厅，费力地移动着一手推车的东西，里面有想象中群岛的绘画，还有对月球上植物的细节描写，此时女人正看着混血女郎们，她们朝着溪区的迪斯科舞厅进发，那里的招牌亮着奶油般的橙光照到人行道上。她看着她们苦恼着走下无人的斜坡，受着会绊人的裙子折磨，走起路来像忏悔的罪人，却伪装成集市上的杂技演员，她们害怕方济各·沙勿略先生，他腆着大肚子坐在摇椅上奔驰，从上方对着她们喊着加油或是下达命令。她们的裙子是匆忙准备的，用上了填充物和别针，脸颊上的妆容是随意画的，指甲又黄又有裂缝，好像直立式钢琴的键盘，这些都让她腹中感觉气胀，因为她怀念起那些精明能干的法国前辈，是她们在世纪初的时候带她入了行，了解了里面的微妙诀窍和无情的奥秘，那些五十大几的严厉女人戴着假睫毛，要求苛刻，教授行当里的技巧时都像大牌明星一样斜靠着软垫沙发，屋里放着翻刻的唱片，她们让徒弟们模拟和一个裁缝用的人体模型做爱，爱抚的动作要缓慢，身上要涂香水，中间不要忘记呻吟。女人当时只有十五岁，嘴里还有钢牙箍，走路的步态还是个小孩，像野猫一样骨瘦如柴，就这么学会了通过最少的身体爱抚让人快活，也知道了怎么安慰抑郁的六旬老翁，只要用神父听告解一般强烈的感情聆听对方，同时像剥田里的橘子一样解开他们的裤子纽扣。因此她很同情这些男人，他们必须将就于旅馆里的混血女子，即使她们毫无技巧还没有活力，她们缺乏职业热情，也缺乏道义上的精致，因此这些男人在床上穿裤子的时候（床单见证了之前的不幸），他们心中那根悲伤的尖刺依然和来时一样，没有改变。

方济各·沙勿略先生养成了一个习惯，要在颈子上戴一圈圣徒光环，上面有五颜六色的小荧光灯，让人疑惑他是在给某个电池品牌做广告；他试图阻止航海家把文件带走，蜈蚣和蛾子已经把文件毁掉了不少，好几座大陆、一打海角和安第斯山脉都没了，他的理由是迪奥古·康不仅欠他十一个月的房租，而且在酩酊大醉的时候把半个餐厅的家具和几乎整个厨房的玻璃都打烂了，这还没算上有数不清的褥子都被他洒了垂死的马尿因而不能用了，那都是他在预演死亡的午睡过程中干的。然而，对于带着宽厚的微笑对付男人幼稚原始的胡言乱语，女人十分擅长，多亏那些法国导师，她掌握了分辨真话和谎言的直觉，只需要听一下元音的语调，甚至看一下写的字都行，因此她并不理会塞图巴尔主保圣人的说理和威胁，哪怕对方已经把指控上升到说“只是呼出一口臭气，迪奥古·康就杀害了刚出生的婴儿和邻居家屋顶的鸽子，还靠着一枚巧克力棒的帮助，在地下室侵犯了一名他的未成年教女”；她只是吩咐海军上将：“把你的文件都拿过来，这架吵得我受够了，到此为止。”她警告方济各·沙勿略先生说，如果他还坚持用鬼蜮伎俩缠着她不放，她立马就去道德警察那里举报他拉皮条还有当小偷，同时她把法院地牢阴森的照片展示给对方看，而当圣徒在绝望之下宣称梵蒂冈已经为他行过宣福礼，他尘世的躯体无论过多少世纪都不会腐朽，她只是回答说，一个人对爱了解如此之少，永远也不会在天堂有一席之地，因为他把生命都浪费在没有品格的猥亵施暴上了，就此剥夺了同伴获得真正快乐的机会，那需要两个人共同努力才能享受。印度人担心警队队长登门，更担心最后罗马方面会介入，他最后还是帮着他们操纵手推车直到广场，躲开斜坡上的暗礁，他甚至还提议让老妇人教导那些混血女人，在学校用的投影仪前开大课，讲述肉体享受的捷径，他正要从裤子口袋里掏钱作为首节课的预付款，女人的一句话却让他急匆匆的动作顿在那里，她解释说，真正的女性只需要理解一条守则，即男人有过的母亲越多，他们就越需要母亲，只有孤儿才准备好迎接每天每日的激情礁石。他们带着航海莎草纸文稿离开了，朝着家的方向，而上帝的选儿还站在人行道上原地没动，一边挠着腋下的疥疮，一边因为沉重而又无限的天启而沉思，光晕上的小灯围着他的脸时明时灭，身旁是溪区的迪斯科舞厅，他就是以这样的形象——受过折磨但亲切善良——出现在镶嵌了珍珠母的弥撒书上，旁边的那句祈祷语保证能保佑家人免遭厄运。

对他俩的年纪来说，迪奥古·康的那些岛屿和半岛太过沉重，所以他们一路上得把关于群岛和海峡的整套百科全书一点点丢弃，一直到保留着中世纪大钟的慈善广场，在大钟的阴影下，高区的异装癖者每时每刻都在和排成一列的忏悔者混杂，忏悔者穿着拖鞋，不断用柳树枝鞭笞自己。随着水手的肌肉力量越来越弱，他无法继续沿着里斯本的街道搬运关于各个大陆的图书馆，于是他打开垃圾箱的盖子，往里面倒了一捆热带河流，一起埋葬的还有那里的动物、植物、矿物、气象特点、河床的深度以及特征，让它们和剩饭和咳嗽药片的包装待在一起。一个个国家、一条条经线乃至整个星球就这么消失在城市的垃圾箱里，到达总主教公园时，他们已经只剩下一座生锈的星盘和五张《月像潮汐报》的剪纸，海军上将原来是在快帆船的航行中用这些剪纸更好地定位。在这个小区附近，除了一队神父忧伤地吟咏应答祈祷和感恩赞，还能远远看见诗人戈麦斯·雷尔，他戴着变形的高帽，燕尾服上插着山茶花，因为急着想要喝到红酒匆匆走进一间小酒馆，那里被电视上闪烁的荧光照亮。侯爵们的马车超越了他们，车门上刻着家徽，车轴吱呀作响，为了赶紧到达三位一体剧院，松垮的弹簧像鹅屁股一样来回摇晃。凌晨两点的钟声响起时，只穿着衬裤的迪奥古·康正好穿上睡衣，在类似灵泊的地方浮游，那里并无尚未发现的支流和盆地，只有某个无足轻重的王子站在某个无足轻重的山头，用赛马俱乐部的双筒镜观察着虚无。他拉了一下厕所水箱，想确定这片水的真实性，不过厕所里并没有水如瀑布一般冲泻而下。他透过窗户盯着河看，发现自己看不懂大小船只上的灯光信号，取而代之的是一大片黑色空间，只被桥上的路灯截断。他对着镜子，摸了摸被坏血病吞食的牙龈，然后就发现玻璃里出现了一口完美的瓷牙，用一个温和的微笑回应着他水手的忧愁。他最后还是把假牙丢进床头柜上的杯子里，关上了房间里的灯，拒绝了女人因为担心的抚摸，继续咬着下颚上的浮石，盯着地球直到凌晨，地球已变成没有海浪和特茹河女神的沙漠，就连海螺里的风声都最终消失了。

在从非洲归来的人们当中，有的人身体上还保存着沉睡的棉花田里幼虫的气味和私语，野狗在虚幻的奔跑中会经过那些天地；为了安置这些人，政府腾空了一间专治结核病人的医院，让病人只能去公园里艰辛地咯血，病房的墙上挂着描绘战争和虔诚行为场景的画，空气中充满了消毒剂对死亡麻木的气味，现在病房里住进了殖民者，他们总是把行囊夹在腋下，在收容所附近游荡，试图找到一些残羹冷炙。

叫路易斯的男人在一个小教堂改成的破食堂解决伙食，吃的是波斯人的菠菜，他得到了帐篷里的一张支离破碎的床，四周是苹果树和野草，旁边是专收蒙古人种男孩学校的栅栏，他们来里斯本学习如何怀着学徒的耐心将黏土捏成小羊。女护工们在转移到另一间诊所的过程中被遗漏了，她们原先怎么对待那些被驱逐的病人，现在就怎么对我们，早晚各量一次体温，强行让我们使用床单上的便盆，午饭后带着穿病服的我们去公园散步，那里有光秃秃的山茶花和玄武岩水池，岩石裂缝间胡乱长出风信子的茸毛。在疗养院里的日子比象棋比赛过得还要慢；我们被强制午休，在阳台的帆布椅子上坐着，水银体温计插在舌头上，法国梧桐的枝杈折磨着双脚，这一切都很像在海上无风无浪的那几个星期。有几个混血男子被日落的忧伤和含羞草永恒的秋天所传染，开始往搪瓷盆里呕血，精疲力尽到半死不活，这一切都被那些蒙古人种怀着隐秘的智慧从门口看到了，他们每个人长得都很像，仿佛是多胞胎一样。

太阳刚刚升起，一场由吐痰声和支气管炎引起的咳嗽声组成的协奏曲就淹没了花园里鸟儿的尖叫和走廊里医生们的脚步声，医生是来听诊病人胸腔里的恶化情况的，病人的肺部就像梳妆台的桌布一样，只要有人看一眼就会化为凝块。叫路易斯的男人虽然没有任何病症，但依然被迫穿上垂死者的长袍，他获得批准可以离开收容所的围墙，时限是一个小时，还要有一位仆役护送，那人抬着瓷便壶，准备接收姗姗来迟的咯血里的结核杆菌。他就是这样穿着拖鞋认识了这个街区，这里被疗养院投放了悲伤瘴气的毒，因为害怕被传染，所有人都学会了用纸巾掩住口鼻，这让史诗诗人产生了错觉，似乎他穿着睡衣行走在一群异常的外科医生中间，医生们打扮成鱼贩、水管工或者银行前台的样子，忍受着八月熊熊燃烧的火漆。

对他而言，里斯本越来越像在无谓旋转的房子的集合，像是由水槽、围栏、教堂尖塔和被市政工程开膛破肚的道路组成的马队，下水管道都暴露出来，天上则都是流脓疮口一般的云朵。在如此令人痛恨的光亮之下，人们连自己的影子都被剥夺了，作家被晒得晕头转向，最后选择参加某个镀着假黄金的葬礼，提便壶的那人一直跟在后面，人们期待着墓地雪松笼罩的夜晚，亡者在希腊庙宇模型和石膏儿童像下面消散，儿童被闻着像帽子上纱布樱桃的假花勒死，他以为那气味是死亡的樟脑味。坐在墓地小路的砖头矮墙上，盆放在随时可以迎接第一口痰的地方，他观看着穷人朴素的送葬行列，棺材摆在一辆快散架的二轮车上，后面跟着步履蹒跚的老人们，还有因为出现尸体激动起来的野犬。鉴于他被幽禁在远离大海的疗养院，他本来会忘记罗安达和海湾的水鸟，忘记在棕榈树顶伸出的脖子，但是他的帐篷紧靠蒙古人在里面学习二重元音的楼房，风吹过来的时候，有时他能从帐篷里听见三桅船的马达轰鸣声，船离开金发海角的码头去捕鱼，海角的钢铁冶炼工厂闪耀着礼拜仪式一般的火焰。

每周日晚上，一位困在四楼（从那里能远眺机场的雷达站和塞沙尔市的远景）的长笛手会演奏三十年代的叙事歌谣，即便中间会因为乐器的气肿要分段，宴会厅里的气氛还是十分活跃，厅里除了变形的乒乓球台，还有情妇用的长沙发。笛手曾经是洛比托一家餐厅的厨师，顾客都是黑人卡车司机和身无分文的醉鬼，他会打断电视节目让人失眠的光环，从绸缎包着的小盒子里抽出笛子，一个套一个，将三个部件装好，像婴儿喝奶一样绷直嘴唇，将指尖放在恰似皮带孔的按孔上，然后为了赋予音符更多的感情，他会踮起脚尖，往笛孔里吹奏一曲加德尔[1]的探戈，殖民者的咳嗽声则成为不协调的伴奏。其中一次像这样痛苦的演奏正好发生在几个大新闻之后：瑞士钟表匠罢

1 卡洛斯·加德尔（1890—1935），出生于法国的歌手、词曲作家，后加入阿根廷籍，被认为是探戈发展史上最重要的人物。

工、教皇登上月球以及佛得角发生洪水，叫路易斯的男人本来觉得自己是独自一人，正坐在印花单人沙发上构思着八行诗，酝酿着光辉的篇章，却注意到身旁出现了一个人，那是个近视的白化病人，膝盖上放着吐痰用的小瓶子，笛声径直穿过他的身体却没有触动他，因为肺结核和失去家园已经把他的躯体变成了某种没有实体的骨髓。过一会儿，一丝血会流进瓶子的细颈，凝结成一朵绯红的小花，然后他会再次消失在睡衣里，只有亮闪闪的眼睛留在外面。音乐会结束后，他会走向最近的那座帐篷，帆布裤子几乎和地面没有任何摩擦，那座帐篷搭在主楼后方，离厨房二三十米，而在厨房里，配方鸡汤的最后一缕香气正在消散。

接下来的几个下午，当他趿着拖鞋在纷乱的咳嗽吐痰声中开出一条道，进行每日的散步，他总会遇见那个近视的家伙，那人半透明的外表很容易让人把他和墙上的水彩画混淆，他要么坐在帆布椅子上，观察着公园里经过精心修剪的苹果树，要么是在阳台角落和人交谈，与和他一样不存在的绅士们进行密谋，每个人手上都拿着试管，用来装咳出来的玫瑰，每个人结疤的舌头上都有坏血病留下的显而易见的痕迹。这期间，疗养院在最瘦的归国者之中得到了最初的几位死者，在从头开始完全盖住的裹尸布下面，是他们极其瘦小的遗体，人们看着他们躺在有轮子、类似托盘的东西上面，被运到酒窖进行验尸，在那如同修道院回廊的地方，一位屠夫穿着橡胶围裙，戴着枇杷色的洗衣用手套，用一把大刀解剖着内脏和动脉。

九月的某个下午，叫路易斯的男人已经写好了长诗的三分之一，而那位尖刻的近视眼如秃鹫一般小心地转了一小时圈，然后拉了拉他睡衣的袖子，要求他于十月第一个星期出席国王的登陆：

“堂塞巴斯蒂昂会乘白马踏浪出现。”他一边吹着口哨，一边往瓶子里放了一朵血玫瑰。

诗人想象了一下，一帮结核患者穿着病号服，蹲在雾气笼罩的沙丘上，等待一位可笑的君王和他战败的军队一起冲出水面。自他从非洲回来以后，连时间的流逝都仿佛变得荒唐起来，他还没有习惯夏日像熬木梨果酱一般迟缓的日落，没有了龙爪茅和里面虫子如饥似渴的沙沙声，他行走在城市里的时候，觉得这个星球是按照幻想的机理创造出来的，通过报纸得到的消息就像鲸鱼的啸叫声一样晦涩。所以他接受了探险的邀请，他也以同样的方式接受了收容所的医生做出的气胸诊断和开的糖浆，这些医生每周二和周五都会把他团团围住，带着治疗的热情给他缝针和上碘酒。

“唯一的问题是，”透明先生警告他的时候嘴皮都没动，只是用下巴指向那些正在监视殖民者咳出物的护工们，“他们是西班牙间谍。”

接着那人向他阐明，本国在远征摩洛哥惨败之后曾经被卡斯蒂利亚人占领，而堂路易斯王子的儿子是克拉图修道院长[1]，他的部队在进行了两三场棍术比拼之后就擅自撤退，后来伪装

---

1 堂路易斯王子（1506—1555），贝雅公爵，是葡王曼努埃尔一世的次子。他的私生子安东尼奥（1531—1595）陪同塞巴斯蒂昂一世参加了悲剧性的摩洛哥远征并被俘，但很快获释。安东尼奥在1580年的葡萄牙王位继承危机中是三位主要的王位竞争者之一，但支持者仅限于中低阶层，未获得贵族承认。

成京巴狗，在北方的偏远乡村寻找着无用的支持。

重获独立计划的具体细节是由吹笛子的爱国者在支气管炎发作间歇敲定的，本来会在午睡时段透露给他，或是在疗养院小教堂里进行的、几乎每天都有的守灵期间告知，小教堂里装饰着很多睫毛浓密的圣罗克[1]，他们怀着骑士的虔诚，凝视着穿着宽上衣的结核病患者，虽然他们的嘴还张着，但已经不再吸气了。一位热情的妓女用爱情手腕收买了收容所的一位书记员，以此摆脱二十年来放纵的卖淫生涯，书记员租下一辆带烟熏玻璃的汽车，那车本来被用来载游客，带他们走马观花看看城堡主塔、主教堂等诸如此类无足轻重的景点，现在要载着病人们去埃利赛拉，和娘娘腔国王还有他衣衫褴褛的参谋部会合，从那里出发再去占领机场、广播站、电视台、议会、特茹河上的桥还有里斯本的各个出入口，与此同时，大批关在不同收容所的人会在因为血清垂死的人的指挥下，一边咳出血花瓣，一边入侵政府大楼和海港，在卡西亚斯要塞逮捕西班牙诸公爵，或者把他们放在无舵帆船上，让他们在满是特里同[2]的大海里听天由命。

接下来的几个星期，整个疗养院笼罩在静寂下，似乎不祥地预示着将有流感爆发，狗也都惊慌起来，恐惧冒出的汗让它们的瞳孔变成了紫红色。肺结核让整座整座的帐篷全体死亡，尸体被编上号的毯子盖住，等着挨解剖刀，现在解剖的地点已

1 大约生活在十三、十四世纪的天主教圣人，在欧洲爆发黑死病期间常被人作为救难圣人而被崇敬。

2 古希腊神话中海神波塞冬之子，一般表现为人鱼的形象，拥有和他父亲一样的三叉戟。后来也以此名描述担当海神护卫的一族人鱼生物。

经不限于把死者大卸八块的大理石桌子了，直接在去往酒窖的楼梯上就可以进行，下面铺着从餐厅拆下来的毯子，还会在医生办公桌桌下，在厨房炉灶后面的空间解剖，和废报纸还有蟑螂一起，尸体都被烤炉里的煤球烤焦了。部分护士和医生已经开始用掌心遮掩自己也得了早期咽炎，他们上班的时候都挂着睡眠不足的黑眼圈，都是因为担心热病传染而睡不着。与此同时，笛子手还在继续他无畏的音乐会，虽然电视上的荧光已经凋谢，但他诠释的波莱罗依然热情十足，让正在往试管里吐出疾病的观者无不掉泪，外面九月的狂风将树木吹得光秃秃的，给就要到十月的夜晚镀上一层金粉。叫路易斯的男人觉得自己听懂了起伏的音乐，那里面给金发男孩的追随者发出密码，尤其是当灵感将艺术家从世俗的重力中解放出来，让他朝着天花板的水泥垂直上升，像水箱里的鱼鳍一样在观众的椅子上方摆动双脚，然后伴着最后一个音符，以魔术师般的轻盈回到地面。波莱罗舞曲都结束了，他穿过公园的时候想象着西班牙远航船队在波罗的海触礁沉没，漫无目的的桨帆大船搁浅在象牙海岸的悬崖峭壁，上面的数百名士兵身上的盔甲被发狂的暴风雨打到变形，他们徒劳地对着聚集了一大群目瞪口呆黑人的森林边缘摇手示意。

在一场晚会上，音乐家把惯常的曲目换成了国歌，只是用了斗牛舞的节奏，以此来蒙蔽那些护工，但在结核杆菌面前，此时只有很少的殖民者依然幸存，这从空出来的凳子和病房里的腐肉味可以推断出来，而且不少医生被布谷鸟的呜咽声吓坏了，也已经离开了这家医院，去阿尔卑斯山脉的诊所寻找更好的职位。因为死者发出的恶臭让他恶心，他正准备从沙发上起身，这时候那个透明的家伙轻轻拖着他，走过铺着瓷砖的露台去到外面，那里的苹果树根因为强大的复活力量而断裂，顺着那人的小指头所指向的位置，他看见一辆开着大灯的客车停在大门口，在锦葵色的空气中很难看清，穿着睡衣的结核病患者们踮着脚尖，沉默而分散地走在灌木丛中，努力不在寂静的黑暗中发出声响，他们像潜水员划水一样朝着汽车凝固的灯光方向前进。

这辆客车是给富有美国人准备的，是一辆让人惊叹的座驾，座椅和理发店里的椅子类似，配有空调，有飞机上那种洗手间，每个人都有耳机，可以听西班牙说唱剧或是歌剧，乘务员身着制服，头戴折叠帽，分发着牛奶面包和小杯果汁。马达开始以几乎让人感觉不到的嗡嗡声运转，叫路易斯的男人最后一次望了望那栋大得出奇的收容所，那里有一个连一个的阳台，并被无法辨认的凉亭包围，半个橙子一般的月光洒在上面。他看见黄杨木中间摆成织物图案的帐篷，实验室灭菌器里的小白鼠害怕地吱吱叫，停尸房里摆满了和博物馆里的凯门鳄一样富含甲壳素的木乃伊。医生的房间里时不时闪过烛光，那是失眠的医生们半裸着下到药柜前，寻找有塞子的安眠药。蒙古人的学校就像一艘帆船，顶楼无声出现了一群蝙蝠，它们有着和法语老师一样凶残的犬齿。旋转木马里除了小马还有其他折磨人的工具，像羊圈一样旋转起来的时候，它们注定要压碎髌骨甚至让脑浆迸裂，社区的药剂师则会亲切地用一套钳子帮忙缝好。叫路易斯的男人在软椅上坐好，闭上眼睛，开始梦见卡增加歪歪扭扭的小巷，军警的吉普车在背叛的淤泥里打滑，这时候笛子手在前面大声吼叫，他一只手拿着笛子，另一只则举着装痰的试管："圣若热[1]和葡萄牙！"治疗气胸的收容所消失在他们身后，在烟熏玻璃外，一排排楼房的阴影飞快地落到我后面，鲁米亚尔堂区豪宅外墙的九重葛一直爬到顶楼的岗亭，那里的路灯、银色的鼠尾草还有挂着帷幔的大床也离我们越来越远，只剩下汽车上的扬声器在不停咆哮着行军进行曲和共产主义诗篇。

他们上了辛特拉高速公路，紧跟着一辆运蔬菜货车的排气孔，透过千疮百孔的排烟板，那辆车一直在嘶嘶作响地排放着战争毒气，与此同时，好几个穿着睡衣的革命者陷入了无休止的咳嗽发作之中，而透明先生嘴里叼着体温计，在我左边因为发烧打战，淹没在烂泥般的冷汗中。在克卢什漆黑的弯道附近，尖锐的松树从附近的人行道威胁着我们，那片弯道已经被藤蔓吞噬殆尽。交警拿着发光的指挥棒埋伏在十字路口，给疏忽大意的敞篷四轮马车开罚单。辛特拉的餐厅和纪念塔溶化在连绵的浓雾中，又被体育场的探照灯勾出轮廓，接着还被锯盖鱼给羞辱了，这些鱼通过打开的窗户进进出出，留下近乎蓝色的反光。晚上的火车站全是被人遗忘的失踪者，而在屋顶像米尼奥省公牛牛角的房子里，水手的剪影和慵懒的水藻一起漂浮。叫路易斯的男人想起了罗安达有形的日落，那里的一切该是怎样就是怎样，没有什么航海奥秘或是不在场的塞壬足迹，塞壬只会在旅馆的酒吧里和比利时老人交谈，她们鳞片状的指甲夹着香烟，而老人们刚喝到第四杯波尔图酒就精神错乱了。

---

1 圣若热，即英语世界所称的圣乔治。自葡王阿丰索四世起，"圣若热"成为葡国军队战斗时的标准呼声。若昂一世统治期间，圣若热成为葡萄牙主保圣人。

从辛特拉到埃利赛拉的旅程包含一段让人绝望的连续急弯，沿途经过一片片小村庄，有乡间小屋也有移民者的豪宅，还有睡眼惺忪的小狗露出黑色下颚，在小酒馆门前怀着恨意狂叫。他们经过满是蜈蚣和士兵的马夫拉修道院[1]，不到凌晨三点二十就到达了埃利赛拉，病号服下面的骨头都冷得打战，他们每个人嘴巴下面都放着祛痰的细颈瓶，口袋里装着当早餐的药片，这都是按照得了结核的笛子手的命令，他的哮喘发作起来就像鼓起来的风箱。他们溜达着走过小巷和小广场，按照吐痰的音调辨认彼此的位置，并且用病人蛤蜊色的鼻子闻出大海的方向和沙滩的位置，跌跌撞撞地经过咖啡座的椅子、缺少木板的公共长凳、阻止他们走到水边的玻璃挡板、垂直高度五十米的花岗岩围墙、渔民的小艇、卷成一团的渔网、闪光的浮标，还有属于已经过去的夏天的帐篷杆，夏天的垃圾还埋在沙丘里。

一位老人因为杆菌扩散而显得有黑眼圈，白菜梗一般的脖子上戴着围巾，他在危颤颤的楼梯平台上找着了下到沙滩的台阶，然后叫来了音乐家，后者正在一片黑暗中试图解读水银体温计，从而获知自己不幸的百分数是多少。透明爱国者和其他两三个下巴底下放着托盘的英雄把结核病患者都召集起来，大家都穿着长袍在没有人的停车场探险，尽可能调查大海的方向，然后于同一时间，从各个角落，他们一起闻到了海里水母和纳西索斯的气味，最后这么一群人，一帮皮

1 葡萄牙最豪华的巴洛克建筑之一，若昂五世统治时期（1707—1750）修建的方济各会修道院。

包骨头迟疑不决的家伙，终于走到通往沙滩阶梯处，那里还有成桶被人忽视的沙丁鱼，旁边的咖啡馆里有一只灰猫睡在不平的栏杆顶端。

他们互相依靠着，为的是能一起见证国王骑马出现的场景，国王的肩膀和腹部都会有刀砍剑击的伤口；他们坐在随意摆放的船里，坐在捕鱼船尾甲板上，坐在漂浮的软木瓶塞上，还坐在被人遗忘的木箱上，那里面散发着自杀者的气味，是被潮水推到沙丘上的。我们在清晨的微风中瑟瑟发抖，等待着有光照的最初几个小时那玻璃般的天空，等待着昼夜平分点米黄色的浓雾，我们等待着带状的泡沫，它们应该会给我们带来一位金发青年，还有浪花里结束的集市留下的垃圾，还有在岩石的虹吸作用下于水中哀号的羔羊，青年头上戴着王冠，嘴唇绷得紧紧的，会从阿尔卡塞尔吉比尔而来，他身上会带着卡尔卡韦洛斯的吉卜赛人制作的黄铜手镯，脖子上挂着丹吉尔[1]的廉价项链；但在我们忙着把体温计夹紧在腋下、顺从地把血吐在医院试管里面的时候，我们唯一能看到的是空空如也的大海，一直到海平线为止，有些地方被海兔的硬壳覆盖，晚到的来避暑的一大家子在海滩上宿营，还有捕鱼大师们卷起裤脚，不解地看着我们这群穿着长袍的海鸥，我们坐在船舵或者螺旋桨上咳嗽，伴着被大海的内脏盖过的笛声，等待一匹不可能出现的马的嘶鸣。

---

1 摩洛哥北部重要港口城市，历史名城。

代译后记
安图内斯与葡萄牙远航史观的重塑

安东尼奥·洛博·安图内斯（António Lobo Antunes）是当代葡萄牙最负盛名的小说家，也是当代西方文学中最优秀的作家之一。2007年,安图内斯获得葡语文学的最高荣誉卡蒙斯奖，在颁奖词中,评委会赞扬这位1942年出生于里斯本的作家“运用葡萄牙语时有大师风范，善于揭露人性中最不可告人的黑暗角落，使他成为对文学现实清醒又具有批判性的模范作者”。评论家总结安图内斯有三个写作特点：对葡萄牙当代重要事件的敏感体察；在作者自身经验基础上，对殖民主义、医学实践与日常主题的连接[1]；以及十分独特的叙事观念和优美的语言节奏。

学界常将安图内斯跟福克纳和塞利纳相提并论。除却文字风格相似，葡萄牙人与这两位前辈同为悲观主义者，这与他

1 安图内斯的父亲是著名神经内科医生，他本人在里斯本大学接受了医学教育，并在葡萄牙非洲殖民战争期间在安哥拉当过战地医生。成为作家后，他仍然兼职从事心理医生的工作。

在精神治疗工作中与人性黑暗的长久博弈不无关联。悲观主义者并不一定没有积极的人生态度，但势必更为关注世间的不幸与痛苦。马克·吐温曾以其一贯的诙谐指出，每个人都是个月亮，都有从不示人的暗面，但安图内斯所做的恰恰就是往暗面上不遗余力地投射聚光灯，再用显微镜放大上面的每一条沟壑。因为深谙人性的作家知道，不去深究阴暗与沉重的话题，只会让心灵上的阴霾更甚；只有直面人生的沉重，才有望达到亚里士多德意义上的“净化”（catharsis）。这也是为何安图内斯这样形容自己的写作：“我的工作就是写到石头比水还轻。我做出来的不是小说，我不是在讲故事，我不为让人消遣，不是为了愉悦，也不是为了有趣：我只是想让石头变得比水还轻。”

在1988年出版的长篇小说《远航船》（*As Naus*）当中，安图内斯直面的石头也许是最沉重的海格力斯双柱：承载着葡萄牙历史中最高峰与最低谷的海外扩张史，以及葡萄牙最伟大的史诗：路易斯·卡蒙斯（约1524—1580）的《卢济塔尼亚人之歌》（*Os Lusíadas*）。在1974年康乃馨革命后，葡萄牙经历了民主化与去殖民地化，亟须打破“新国家”政权对国家历史和卡蒙斯的挪用，同时在失去非洲殖民地后也迫切需要重构国家身份。安图内斯的小说一方面体现了葡国知识分子群体用文学“净化”历史的尝试，另一方面也对重塑史观过程中出现的选择性遗忘进行了反思。

对卡蒙斯的三重颠覆：雄性、英雄与帝国

学者爱德华多·洛伦索评价说：“无辜地纪念卡蒙斯是不

可能的。”路易斯·德·卡蒙斯是十六世纪的史诗《卢济塔尼亚人之歌》的作者，也是葡萄牙影响最为深远的诗人。在这部九千余行的皇皇巨著当中，卡蒙斯以达·伽马去往印度的远航为中心，以激昂的笔触再现了葡萄牙的历史，因此这本书也被公认为葡萄牙的建国史诗。值得注意的是，卡蒙斯的历史叙事不但有正常的史实叙述，更有浓重的预言元素，将葡国的海外扩张与神意结合。诗人写作的年代距达·伽马远航已过去七十余年，因此文中水手旅途中听到的预言，在读者看来已经成为完成的史实，从而更易接受卡蒙斯的立论：英雄的达·伽马船队是英雄的葡萄牙人民的代表，而葡萄牙帝国是伟大的天选之子。

在接下来的几个世纪里，葡国有关航海发现史的话语并没有脱离卡蒙斯的框架，传达的依然是同样的信息：葡萄牙是一个伟大的国家，因为它最先将海外航线的开辟提升到国家事业的高度，并由此在全球范围内建立起殖民地。这种将远航、殖民和国家性捆绑的做法在二十世纪达到顶峰。在1933年至1974年期间，统治葡萄牙的是“新国家”（Estado Novo）独裁政权，其官方话语将葡萄牙引领航海大发现时代的历史神圣化，将它作为葡国版“光荣孤立”的支柱，以及在第二次世界大战后民族解放运动席卷全球的背景下，葡萄牙仍然坚持殖民统治的依据。事实上，只有当视角单单聚焦在葡国自身时，葡萄牙才能摆脱在欧洲实质性的边缘地位，才能成为这个仅由一个国家组成的世界的中心。美国外交官乔治·鲍尔曾经讽刺地指出，统治葡萄牙的并不是一个单一的独裁者，而是“由瓦斯科·达·伽马、航海者恩里克王子和萨拉查组成的三头政治”。

在这样的背景下，葡萄牙短暂的黄金时代反而成为一项束缚后人的历史负资产。历史学家巴拉达斯表示，十六世纪后“葡萄牙再也不是它自己了”。在卡蒙斯逝世五百年后，安图内斯的《远航船》希望通过重塑远航史观给葡国的未来找准方向，切入点直指问题的核心，那就是卡蒙斯的《卢济塔尼亚人之歌》。

倘若以茱莉亚·克莉斯蒂娃的“文本间性”理论分析，安图内斯的书可以与诸多文本产生联系，其中不仅包括葡萄牙的文史经典如平托的《远游记》、巴罗斯等人的编年史等，还包括了其他国家的艺术乃至科学，如西班牙塞万提斯、洛尔迦等人的诗文，毕加索的画作，波兰哥白尼的日心说等。但如果套用热奈特的“羊皮稿本”理论，《卢济塔尼亚人之歌》才是隐约留在《远航船》下方墨迹最深的底本。安图内斯的作品无疑是对卡蒙斯史诗的重读和再写作，在《远航船》出版前夕接受采访时他就表示，自己初稿时曾把卡蒙斯作为小说的唯一叙事者。不仅如此，安图内斯还视自己所写的为“卡蒙斯忘了写或者没有时间写的东西”，“如果说《卢济塔尼亚人之歌》是渐强，那么这本书就是渐弱”。

从结构上看，《卢济塔尼亚人之歌》承袭的是罗马传统，模仿了维吉尔的史诗《埃涅阿斯纪》，十章八行诗以达·伽马远航为中心。而《远航船》是一本后现代小说，卡布拉尔、卡蒙斯、沙勿略、无名夫妇、塞普尔维达、达·伽马和迪奥古·康，七位（组）主要叙述者分摊了全文十八个章节。这种多视角的叙事沿袭自安图内斯的前作《亚历山大式法多》（*Fado Alexandrino*），而《远航船》的结构创新在于，各个部分由谁叙述并不像前作一样遵循固定的顺序，而且章节之间并没有明显的承继关系。即便是在讲述自己故事的章节里，这些人也并没有完全的控制权，以第一人称开始的一句话到一半就可能让位给第二或第三人称，第三人称的叙述者甚至会呼唤读者偷窥主角的私密行为。除了在热奈特意义上的各个叙事层面间自由穿梭之外，小说的章节没有数字或字母编号，再加上繁复的长句和一句三变的叙事视角，这样松散、无等级的叙事通过拒绝排序强调对线性时间的否定，佐证了各章人物之间没有等级差异，最重要的是以杂语的方式打破了对国家航海史的单一视角。

从主题上比较，卡蒙斯开始的历史叙事聚焦在葡萄牙引领“地理大发现”的作用，突出强调葡人敢于扬帆起航去往未知的勇气与使命感。安图内斯的小说却另辟蹊径，将关注点从“出发”转为“归来”，探讨在一个扭曲变形的时空里，数百年前的海上英雄被驱赶回国，如何以失败者的身份在已然陌生的故国生活。在安图内斯这本反史诗的小说中，每一个挂着历史英雄名字出场的人物都让读者的期待落空。他们的归来不是希腊传统的归乡（nostoi），不是英雄经历磨难成长后完美的返航；他们不但没有做出和名字相符的丰功伟业，而且在某些方面成为人们心中无意识历史记忆的对立面。在安图内斯笔下，历史上在亚洲游历数十载、写下《远游记》的平托成了上门推销次品的小贩，发现印度的达·伽马靠出老千赢下半个葡国，致力在亚洲传播基督福音的圣徒沙勿略更是摇身一变，成了强迫女子卖淫的皮条客。

安图内斯并不满足于精神层面对传统英雄的解构，而是加上了更加赤裸裸的、物理意义上的去神圣化，比如在《远航船》中，见证了葡国远航最辉煌时代的国王堂曼努埃尔的王冠就成了铁皮制的劣质仿品，而沙勿略干脆用小灯泡组成自己头上的光冕。这一切的戏仿、戏谑和讽刺强有力地证明，要重新认识国家历史，前提是深刻意识到过往的荣光无法再现。葡萄牙不是国家版的孩童耶稣，不是十七世纪的神父安东尼奥·维埃拉或者二十世纪初的诗人费尔南多·佩索阿所相信的第五帝国[1]，它无法引领全世界实现精神和文化上的大联合。

值得注意的是，在卡布拉尔、卡蒙斯、沙勿略、无名夫妇、塞普尔维达、达·伽马和迪奥古·康这七组主视角人物中，遭到戏仿的均为男性。尽管无名老妇人和迪奥古·康的情妇偶尔能获得发言权，但她们身为小说原创人物，并没有男性帝国英雄们那种和历史记载中形象迥异所形成的张力。如果从性别研究的角度看《远航船》，就会发现除卡蒙斯之外，本书的其他男性叙事者都在不同程度上暴露出男子气概的缺失。在《卢济塔尼亚人之歌》中，全诗的高潮出现在第九章，达·伽马船队从印度返航时在爱岛停靠，在岛上宁芙仙女处获得肉体上的满足，以个人肉体的征服寓意所“发现”之地皆为臣妾；但在安图内斯的书中，不但宁芙堕落成为妓女，男性主视角人物也普遍经历了各式各样的性挫折。“发现”巴西的卡布拉尔为生活所迫，只好让妻子去舞厅工作；沙勿略为了回到葡萄牙，选

---

1 《旧约 · 但以理书》中对尼布甲尼撒二世的一个梦做了诠释，认为在他的王国之后会有第二、第三、第四个王国相继兴起，最后“天上的上帝必另立一国，永不败坏（……）这国必存到永远”。维埃拉在此基础上发展了他的第五帝国理论，认为葡萄牙将是最后永存的那一国。维埃拉将亚述、波斯、希腊、罗马视为前四个帝国，而佩索阿在诗集《使命》（*Mensagem*）中继承了这一将葡萄牙视为弥赛亚的概念，只是他更强调第五帝国在精神和文化层面的联结性，他所认知的前四个帝国也有所不同，分别为希腊、罗马、基督教和欧洲。

择把妻子卖给别人；海难文学中的悲情英雄塞普尔维达需要通过偷窥女中学生满足自己的欲望；“发现”刚果河的迪奥古·康迷恋的荷兰妓女将他弃如敝屣；连无数海外殖民者的代表、在几内亚度过大半生的无名老人都发现，结婚半个世纪的妻子也选择离开自己，去美国寻找新的生活。

社会学家怀特海德曾指出，作为男性公共领域中英雄主义、力量、神话和神秘的象征，没有比关于帝国的概念更强大的了。而在安图内斯的后现代叙事中，将帝国与男性英雄特质捆绑的传统认知遭到消解。连史诗中对远航提出反对意见的雷斯塔洛的智慧老人，在小说中达·伽马的回忆里都转变成老妇人先知的形象。性别角色的逆转与新时代对帝国殖民的反思息息相关，而小说中将堂塞巴斯蒂昂描绘成女子气的瘾君子，则是对雄性霸权的终极挑战。

现实中的幽灵：以塞巴斯蒂昂为例

在葡萄牙人的历史认知当中，堂塞巴斯蒂昂有着他独一无二的位置。卡蒙斯写作《卢济塔尼亚人之歌》正值塞巴斯蒂昂在位，年轻的国王被时人视为葡国复兴的希望，卡蒙斯也将长诗作为对国王的献礼。然而塞巴斯蒂昂于三王战役失败后在摩洛哥失踪，没有留下继承人，直接导致葡萄牙被西班牙统治六十年之久。

塞巴斯蒂昂作为肉身实体虽然当时未能回到故国，却也因此在文化想象中拥有了随时回归的可能。往往是在国家处于危机时，人们愿意相信塞巴斯蒂昂会归来，会带领葡国走出困境乃至迈向辉煌。和塞巴斯蒂昂主义密切相关的“萨乌达德”（saudade），一种对不存在或者曾经存在事物模糊的怀念和渴望，就此成为葡萄牙精神的重要组成。然而民主化后的葡萄牙想要实现现代化，想要更加积极地参与欧洲一体化和全球化的进程，就必须竭尽全力将历史的重负——帝国主义与殖民主义——埋葬，然后历史才能够给国家的前进提供真正的养料。《远航船》将这一过程艺术化为卡蒙斯摆脱父亲骸骨的方式，在千里迢迢将遗骸带回国后，缺钱的卡蒙斯无法找到理想墓地，最后选择将其卖给疯狂的植物学家达·奥尔塔，将遗骸化为养分。在某种意义上，塞巴斯蒂昂也是卡蒙斯和葡国大众阴魂不散的亡父，而安图内斯所尝试的正是给塞巴斯蒂昂主义唱响安魂曲。小说没有给予塞巴斯蒂昂叙事主体地位，后宣布国王在摩洛哥因为偷取毒品被人捅死，再到全文最后一句话明确指出，塞巴斯蒂昂的白马永远不会嘶鸣。接受塞巴斯蒂昂的死亡，走出卡蒙斯式自我实现的预言，葡萄牙才能迈出从悲痛中恢复的第一步。就像葡国诗人曼努埃尔·阿莱格雷的宣言：“需要埋葬国王塞巴斯蒂昂/需要告诉所有人/众望所归之子已经不会来了/我们得在思想和歌声中/打破那把空想病态的吉他/某人把它从阿尔卡塞尔吉比尔带了回来/我说他已经死了/让国王塞巴斯蒂昂安息吧/把他留给灾难和疯狂吧/我们不需要离开港口/我们手边就有/可以冒险的土地。”

然而在另一方面，破除塞巴斯蒂昂主义的迷思从而正确看待国家历史，并不意味着就要选择性失忆。在康乃馨革命之后，葡萄牙经历了长期的思想动荡，从殖民地被迫回到葡萄牙的归国者问题未能及时得到正视。对很多长年生活在殖民地甚至在那里出生的“归国者”而言，葡萄牙其实是一块陌生的土地，那里并没有什么迎接他们“回归”。而对本国居民来说，很多人直到接触大批涌入的“归国者”才第一次对国家的海外殖民产生感性认识。对双方而言，重新融合的过程并不总是一帆风顺。不少学者指出，“归国者”这一称呼本身有时就带有嘲弄、贬低的色彩。很多从殖民地回来的民众并不愿意被归为此类，而情愿被认为是逃难者（refugiados）或是被驱逐者（desalojados）。在安图内斯的小说里，“归国者”们到葡萄牙后经历百般遭遇，乃至被隔离关在肺结核病院，这样的戏剧化证明漠视乃至歧视并不是正确的重新评价历史的方式。本书出版时葡萄牙刚刚加入欧洲经济共同体，新时期意味着需要打破之前对国家航海史的政治化、神话化的挪用，但不该忘却这些历史事实和其中的普通参与者。尽管厄内斯特·勒南曾指出，在民族性塑造的过程中，遗忘甚至是历史性的有意误记是其中的关键因素，但安图内斯恰恰是在用航海英雄转为“归国者”所产生的一幕幕荒诞悲喜剧提醒我们，什么不应该被遗忘，什么不应当被误记。小说中卡蒙斯等人同时作为活生生的“归国者”以及历史课本和城市雕像上的人物，这样的并行不悖体现了安图内斯将历史与现实结合、将集体和官方历史个人化的努力。在面对祖先的幽灵时，能够做到既不神化，也不无视，这大概就是作者想要提倡的历史观。

航海史观的重塑：陆地与海洋的进退

去殖民化后，时间上葡萄牙需要重塑对帝国历史的认知，空间上也要正视领土范围的变化。葡萄牙人需要用新的眼光看待从“海外省”变成独立国家的前殖民地，但也许更重要的是更新对欧洲本土的认知。《远航船》中有关葡萄牙的地名称呼，如“王国”“里斯本”等，采用了古法拼写，前者用Y代替了I，后者用X取代了S。这种用法一方面强调了空间的虚构与重叠，不是对单一时刻的葡萄牙及其首都的实景描绘，因此可以看作一些抽象概念——离散、去地域性、殖民主义等——的实体化身；另一方面又以拼写上的似是而非突出这些地点的异化，展现扭曲时空下扭曲的人性。就像“黑人性”运动的创始人之一艾梅·塞泽尔所说，殖民的后果是让殖民者丧失文明，变得野蛮粗暴。安图内斯小说中的葡萄牙刚刚摆脱非洲殖民战争的泥潭，它恰似刺向自己画像却最终身亡的道林·格雷，其独裁统治时期竭力宣传的帝国荣光越是辉煌，现实下的破败肮脏与人心惶惶就越是触目惊心。结合波德莱尔《恶之花》一般的语言，书中的葡萄牙总让人如堕卡夫卡式的噩梦，灰暗却鲜明的现实让人不寒而栗。“哪怕是北极都比这里要好。”作为广大普通“归国者”的人格化身，文中无名老人的感慨并非空穴来风。

这样灰暗的笔调部分源于文中的“王国”是历史与现实的扭曲叠加。一边是十五至十六世纪大航海时代的辉煌，一边是二十世纪七十年代去殖民化后的混乱。发现印度、三王之役、康乃馨革命，相隔数百年的历史事件在作者笔下仿佛发生在同一时代，历史上的英雄和现实中的“归国者”也化为了一体。安图内斯笔下的时间错乱是对瓦尔特·本雅明所谓“均质化空洞时间”的挑战：达·伽马们存在于两个时间，但也因此无法在任一时间找到完全的归属感。卡布拉尔们经历了殖民地和葡国本土两个空间，但却发现自己在哪里都是局外人。“我们不再属于这里了。”文中的无名老妇人这样感叹。她最终放弃了在非洲五十余年的记忆，在心智上回归爱好音乐的少女，因为在风云骤变的政治大环境中，只有排除掉殖民地记忆的原初身份没有遭到抹去。

安图内斯拒绝了长久以来殖民主义和葡国历史的共生关系，由此引发了和殖民主义息息相关的海洋意象在小说中的转变。安图内斯巧妙地将航海隐喻嵌入种种场景乃至人物描写，使得《远航船》这个题目的包含范围无限外延。从个体到国家，都是风雨飘摇的大海中的一叶扁舟。葡萄牙作为海洋国家，其文学传统中自然少不了对航海的描绘，但安图内斯对海洋意象的化用与众不同。历史学家一般将大航海时代视为海洋与人类关系的关键转折。在此之前，无垠的海洋更多是作为人类活动的界限，而以十五世纪初的葡萄牙人在北非沿海航行为开端，大海开始转变为各个民族和国家之间的舞台和竞技场。卡蒙斯在《卢济塔尼亚人之歌》中塑造了一个镇守好望角的巨怪的经典形象，但他也无法阻挡葡国水手前进的脚步，因为像佩索阿的诗句一样，“在这里掌舵的我不是孤身一人/我是想要属于你的大海的整个民族”。但在安图内斯笔下，海洋变得迟滞黏稠，失去过往的吸引力，它不再带给葡萄牙人骄傲和欢乐，只留下失望与悲伤，也就难怪文中达·奥尔塔的妻子阿尔齐拉将大海归结为诸多烦恼的来源，而探险家迪奥古·康会在千辛万苦拿回关于群岛和海峡的百科全书之后，却因其沉重而一点点丢弃。

卡蒙斯曾用“陆止于此，海始于斯”形容葡萄牙，这一名句形容的不单是葡萄位于欧陆最西、濒临大西洋的地理位置，更是将迈向大海作为葡国历史的重心。而安图内斯对卡蒙斯的最终颠覆也许可以概括为“海止于此，路始于斯”，他笔下的远航船从海上垂头丧气归来，陆地上连接欧洲的火车却在轰鸣作响。结尾处归国者们徒劳地等待堂塞巴斯蒂昂从北非跨海而来，而文中的卡蒙斯却能在火车站找到他的缪斯——一位盲人琴手，从而写下新版的八行诗。对于素来悲观的安图内斯来说，这已经是难得的希望微光。在这海洋与陆地、非洲与欧洲的一进一退之间，葡萄牙艰难地重塑着自己的过去、现在与未来。

王　渊